TEDA

与历史对话
与时代同行

纪念泰达控股成立40周年

本书编委会　编著

天津出版传媒集团

天津人民出版社

图书在版编目（CIP）数据

与历史对话 与时代同行：纪念泰达控股成立 40 周年 / 本书编委会编著. -- 天津：天津人民出版社，2024. 11. -- ISBN 978-7-201-20890-9

Ⅰ. I25

中国国家版本馆 CIP 数据核字第 2024ZA8713 号

与历史对话 与时代同行：纪念泰达控股成立40周年
YU LISHI DUIHUA YU SHIDAI TONGXING：JINIAN TAIDA KONGGU CHENGLI 40 ZHOUNIAN

出　　版	天津人民出版社
出 版 人	刘锦泉
地　　址	天津市和平区西康路35号康岳大厦
邮政编码	300051
邮购电话	（022）23332469
电子信箱	reader@tjrmcbs.com

策划编辑	郑　玥
责任编辑	武建臣
特约编辑	王佳欢　佐　拉　林　雨
装帧设计	汤　磊

印　　刷	天津新华印务有限公司
经　　销	新华书店
开　　本	710毫米×1000毫米　1/16
印　　张	14.75
插　　页	2
字　　数	180千字
版次印次	2024年11月第1版　2024年11月第1次印刷
定　　价	78.00元

本书编委会

主　　任：曲德福

副主任：于卫国

委　　员：刘振宇　李卫华　刘德胜　张　旺　徐志勇

　　　　　陈林云　贾晋平

本书编写组

主　　编：于卫国

副主编：王林强

编写组：晁栋材　王　巍　刘　林　穆　森　王　婧

　　　　何倩倩　高跃丽　姚秋羽　陈　稳

用奋斗续写光荣与梦想

——写在泰达控股成立40周年之际

历史,总是在一些特殊年份给人们以回望来路、汲取智慧、继续前行的力量。

1984年,在距离天津城区46公里的一片盐碱滩上,开发区总公司作为开发区的建设载体应时而生。从此,这片重焕生机的土地有了一个响亮的名字——泰达。40年过去了,昨天的不毛之地,今天已是绿树如茵;昔日沉寂的荒滩,如今已成为现代化都市。我们书写时代,并成为时代的一部分。

拉开历史的长镜头,站在历史与现实的交汇点回望,泰达控股进入"四十不惑"的年龄。从1984年成立开发区总公司,到2001年组建成立泰达控股,再到今天发展成稳居全国500强的市属国有骨干企业,泰达控股坚定不移扛起服务国家战略、助力产业发展、增进民生福祉的使命担当,用奋斗诠释光荣与梦想。

历史将怎样定义这波澜壮阔的40年?泰达控股的改革发展之路,是在党中央,天津市委、市政府的坚强领导下,一代代薪火相传、一次次风雨兼程、一步步创新超越,进行的一段历时40年的上下求索。泰达因改革开放而生,伴改革开放成长,在一圈又一圈的年轮里,奔跑着"将改革进行到底"的接力,蕴藏着把梦想照进现实的密码。

今天的泰达控股,在市场经济的大潮洗礼下练就眼界与胆识,在开放融合的博大视野里养成胸怀与气度,在转型升级的漫漫征途中积淀定力和勇气。一个不断深化战略性重组、系统性重塑、专业化整合、市场化转型的泰达,正从经营理念、管理思想、结构优化、业务布局等多方面创新求变,在新的赛道上开拓价值蓝海,迈上打造一流国有资本投资公司的新征程。这是对过去的深情回望,更是对未来的豪迈宣言。

在历史正确的逻辑前进方为人间正道,在时代发展的潮流中发展才能更上一层楼。我们不能忘记泰达过去火红的岁月,更要认识泰达今日面临的挑战。泰达控股的历史和现实告诉我们:信心—使命—观念—意志—策略—能力是我们发展企业、成就事业必须解开的方程式。回顾40年,目的就是要看清历史、"发现"自我、走向未来,在改革中把握发展机遇,在问题中看到成长空间,在趋势中找到发力方向,以"对历史最好的致敬是书写新的奋斗历史"的执着信念,谱写新时代新征程泰达控股高质量发展的新篇章。

回望来时路,岁月峥嵘;展望新征程,山长水阔。今天,我们向历史致敬,更为明天壮行。站在新的起点上,泰达将因势而谋、应势而动、顺势而为,深度对接中央所指、天津所需、滨海所向、泰达所能,既打好防范和抵御风险的有准备之仗,也打好提质增效、换道超车的战略主动仗,高扬改革之帆、把稳发展之舵、紧握奋斗之桨、坚定自信密码,在市场经济大潮中破浪前行、行稳致远。

40年,让我们清点行囊再出发,共同见证泰达控股基业长青!

泰达控股党委书记、董事长

2024年11月

目　录

第一篇

岁月如金
拉开春天的故事新序幕

泰达控股40周年

泰达选址记

1984年,中国改革开放在南海之滨闪耀光芒。邓小平同志视察了深圳、珠海等经济特区后指出,可以再开放几个港口城市。随后,国务院召开沿海部分城市座谈会,决定开放大连、天津、青岛、广州等14个沿海港口城市,设立经济技术开发区。

1984年4月16日,天津市成立开发区筹建方案组,从各个方面抽调了36位同志,认真研究建在哪里、如何建设等一系列问题,开始了开发区的具体筹备工作。5月初,方案组根据选址原则,先后在塘沽区、汉沽区、大港区进行大面积实地勘察,提出五个选址方案。方案组组织力量对五个地点进行了紧张的勘测,包括其地理、交通、道路、和港口的关系、工程地质、地震地质、气候、空气采样、城市依托,等等。

一是胡张庄方案。该区域地处天津市东丽区,为国有土地,西界津汉公路、南到北外环路、东临北排污河、北至永定河,面积约11平方公里,地势较高,地质条件好。

二是黄港方案。该区域位于天津市塘沽区黄港水库以南、塘汉公路以西、杨北公路以北、黑猪河以东,面积约20平方公里,地势平坦,土质条件好。

三是邓善沽方案。该区域位于天津市塘沽区海河左岸、南临大沽化工厂,短期可开发2.85平方公里,长期可开发14平方公里,有城市依托,距塘沽区中心仅1公里。

四是官港方案。该区域位于天津市大港区官港水库四周,短期可开发4平方公里,长期可开发7平方公里,土地大部国有,距石油天然气管道较近。

五是塘沽盐场三分场方案。该区域位于天津市塘沽区城区中心东北部、西临京山铁路、南靠当时计划修建的京津塘高速公路、北接北塘镇、东沿港口海防路,毗邻天津港,交通方便,面积33平方公里。

方案组对五个方案的经济、技术、自然情况等利弊逐一分析论证。塘沽盐场三分场具有七项明显优势:地理界限明确、发展前景广阔、依托环境理想、交通网络发达、自然资源丰富、地质基础稳定、建厂条件方便。弱点是沉积平原,地基较软,地耐力差,建设中地下需要打桩,可能使建筑造价增高;另外,地质盐碱厉害,将来的绿化非常困难;紧靠渤海湾,易受风暴潮影响,需要采取防范措施。但经多方论证,特别考虑到通过采取一定措施,其不利条件可被克服,于是选址塘沽盐场三分场建区成为最佳方案。

1984年5月至7月,天津市委、市政府领导对五个选址地点进行实地考察,特别是多次对盐场三分场进行认真调查研究。

7月26日,天津市委召开第22次常委会会议,同意天津开发区选址在塘沽盐场三分场。11月,中央政治局委员倪志福、国务委员谷牧先后到天津开发区选址处进行考察,肯定了天津开发区选址和建设方案,并积极推动天津开发区动工建设。

12月6日,国务院对《关于天津市贯彻中央十三号文件进一步对外开放的报告》作出批复:"同意天津市在原塘沽盐场三分场兴办经济开发区。开发区的地域位置,东起海防路,西至京山线南到计划修建的高速公路,北靠北塘镇,总面积33平方公里。"这标志着天津开发区的诞生,因此12月6日被定为开发区"区庆日"。

1985年9月20日,国务院特区办公室批复天津市政府报告,同意对天津开发区地域进行调整,调整后地域界限为东起海防路、西至京山线、北靠北塘镇储潮库、南至新港四号路,面积仍为33平方公里。

40年前,这片土地上只有一种产品

——长芦海晶盐;

40年前,这片土地上只有一种交通工具

——摇摇摆摆的泊盐船;

40年前,这片土地上只有一种声音

——盐工们节奏分明的号子声。

天津开发区,便在这片盐碱荒滩上启航!

盐滩蓝图，从这里落笔

1985年1月12日，天气干冷干冷的，锣鼓却敲得火热。管委会主要领导来到工地，把写着"开路先锋"四个大字的锦旗——也是天津开发区颁发的第一面锦旗授予了建设公司。

要推进开发区总体规划，必须以基建为龙头。可是，刚刚排完海水的盐滩是一片泥沼软滩，通常需要沉积一年才可施工。如果1984年冬季不施工，就会贻误整整一年的时间，这是绝对不可行的！当务之急是必须修一条进场的临时路。俗话说："要致富，先修路。"没有道路，车进不去，无论机械器材，还是盖厂房需要的钢筋水泥砖瓦呀，统统只能望洋兴叹！于是，以最快速度修一条3.5公里长的进场路的任务下达到现场指挥部。

责任重大，建设公司迅速行动起来，在市政局大力协助下，一支近200人决心打场硬仗的施工队伍随即组建起来。但是，砂石料如果解决不了，光有施工队伍也如同巧妇难为无米之炊。建设公司急中生智，听说离开发区不远的北塘正在修铁路，便顾不得是否碰钉子，找到他们的负责人，软磨硬泡，硬是要人家答应每天增运一列至两列车皮的砂石过来。"精诚所至，金石为开"，负责人看到施工队伍对改革开放如此不惜一切的精神，在完成修铁路的硬指标的情况下，破格在计划外每天增运一车皮的砂石供他们使用。

但是，只依靠北塘增挂车皮运砂石依然满足不了修进场路的需要，随后他们又如法炮制，马不停蹄地到塘沽区和东丽区有关单位"化缘"，形成"三路并进"的态势，每天200多辆车次，轰隆隆向开发区挺进。后来又从秦皇岛一天一车皮地运进石头，这才保障了施工进度。

与此同时，专家组关于进场路施工方案的争论也到了白热化程度。

一种意见认为：基于开发区起步区刚刚排除海水，应该先搞总体规划，利用传播媒介造舆论，不一定非要硬着头皮修路。另一种意见认为：修路也可以，但必须待路基沉积一年以后。第三种意见认为：现在不是争论该不该修和什么时候修的问题，而是要研究面对路基泥泞松软的问题，应该采用什么办法修。

可是究竟采用什么办法修？当触及这个硬碰硬的问题上，讨论便停滞了。

室外，狂风肆虐，滴水成冰。室内，浓重的香烟烟雾若阴霾般无言地充斥着屋顶，专家们的额头汗津津的，脸色发红，人人心里都好像点着个火炉子。

他们心里怎么能不急呢？施工队伍已来安营扎寨，满载砂石料的运输车隆隆开来，可是修路的方案尚未定夺。

"走，到现场看看去！"不知是谁一声唤，专家们来到卸料现场。

大家一看装着石料的汽车正准备卸车，随即生出一个大胆的设想。他们指挥满载石料的汽车在已经标定的进场路路线上卸车，马上又指挥轧路机在石料上碾轧，只见原路基上稀软的泥土逃亡似往两侧流窜。

"对，就用这个办法！"专家们击节叫好，眼放异彩。

于是，施工队伍和轧路机沿路段一字排开。铺一层石料，用轧路机轧一遍，上覆一层砂；再铺一层石料，再用轧路机轧一遍，再上覆一层砂。几层过后，路基坚如磐石。

"轧石挤压法。对，就叫轧石挤压法！"专家们兴奋的样子宛如获得一项重大科技发明。

"轧石挤压法"的运用，一下子使施工队伍和施工机械大有用武之地。他们昼夜24小时轮流鏖战，公司领导和专家们也顾不上休息，常常每天蹲在工地十六七个钟头。

一条整整3.5公里长的进场路，在正常条件下需要3个多月时间修建，可他们仅用了20多天便宣告竣工！

就这样，1984年12月2日开工，同年12月26日竣工的开发区第一条进场路，于1985年1月3日正式开通了！也就是今天的建材路。

三　"桩"定乾坤

　　1984年的开发区,是一片荒凉的盐碱滩,也是一片崭新的土地。那时候,常常看到这样一群人,在盐田、卤池、沟渠里,他们穿着施工专用服,手拖肩扛着沉重的仪器,在盐场上穿梭。

　　这,就是开发区的第一批测绘人。为尽快打开施工局面,他们抢时间、赶进度,马不停蹄。

　　最初,他们住在新河船厂招待所,距离现场工地很远,也没有交通工具。收工后,能"蹭"上外单位在现场干活的汽车,搭上半程,就是件幸运的事。

　　在盐滩上测绘,辛苦劲儿不言而喻。冬天,海风打在脸上像被小刀割似的;夏天,顶着火辣辣的阳光,流着汗的脸就像水刚洗过,身上被晒得红肿,又被汗水浸透的湿衣服包裹,那滋味儿真是一言难尽。测卤池时,因为脚不能让盐水浸泡,必须穿上闷脚的雨鞋,有时不知道水的深浅,一脚踩下去鞋就"灌篓儿了",陷在泥里拔不出腿,只能叫人用竹竿解救。最艰苦的是测驳盐沟时,只能穿着内裤游泳过去,上岸后,擦干身子,身上便出现一层白白的盐碱儿。动用橡皮船的时候也有,在盐水蒸腾的、被太阳照得刺眼的大盐池里精测盐池池底标高。

　　然而他们乐此不疲,拿着大磅锤,扛着又粗又长的大木桩,全力配合建设公司工作,现场维护桩位的完整。建设公司负责填道路砂石料,他们负责桩位的准确完好,如果丢失、轧坏,就要重新测绘,还原地面上的桩位。那时,没有测量仪器,只能依靠建设公司想办法去借,大家心中只有一个信念——早日填土方、填路、填场。

即使条件那么艰苦,工作那么累,抱怨的话却没有一句。一想到开发区建设能顺利开工,一切辛苦都被兴奋取代。随着一片片土地的接续开发,测绘任务也越来越多。他们用一根根"定线桩"标记出天津开发区的灿烂图景!

1984年7月4日,打下开发区选址测绘第一桩,标志着开发区建设拉开序幕。

1984年10月16日,打下开发区定线第一桩,标志着开发区"填基"从此开始。

1985年5月10日,打下开发区首家外资企业丹华自行车公司拔地建厂桩位。这也是在开发区落户的首家外资企业。

三个"秘诀"

开发区刚成立时,两手空空,什么也没有。搞开发,总得有钱啊!管委会领导去找市政府主要领导争取财政拨款。市政府主要领导说:第一,市财政是有点儿钱,但还要用来搞煤气化!这个钱不能给;第二,如果政府给钱让你们去开发,这算什么本事,谁不能干?你们靠借债、靠贷款把这块地方开发出来,创造一个崭新的经验,那才算是真本事!

没有分文财政拨款,没有现成的模式和经验,怎么干?只能靠科学地运筹资金来解决问题!开发区决定采取"滚动开发"的模式,先在起步区开发一片,建成一片,收益一片,然后再开发一片。尽管这样,资金的需求量还是很大的,因此大家十分珍惜每一分钱。在不断的探索创新中,开发区一步一步走过来。

后来,市政府主要领导在概括开发区成功经验时总结出三条"秘诀":不给、不管、不要。所谓"不给",即不给一分钱,开发区自筹资金,即靠贷款。贷款不同于财政拨款,那是要还账的。这就给开发者们一种激励,钱不能乱花,花完以后还得还账。还账靠什么?第一靠投资,投资先要卖地,大家都不来买,拿什么还账?更重要的是,投产以后的税收,用税收还本付息。这就逼着大伙儿把投资者当作上帝,尽心竭力地为投资者服务从而吸引更多的投资者来投资。政府不给钱,有力地激励了第一代开发区人按市场经济规律搞开发的精神。

"不管",即市里在决定领导班子和定政策之后,给开发区充分的自主权,放手改革、开放、创新,市里各部门不再干涉。开发区创业之初,计划经济的束缚还非常厉害。针对这种大环境,市政府主要领导说,市里各委办不要参与,让开发区直接按市场经济规律放手去干,该怎么干就怎么干。当时,国家给天津市的项目审批权是3000万美元以内,市政府给开发区2000万美元以内的项目批准权,超过了很多省市一级的权力。有了这样的授权,开发区建立起一个非常精干高效的机构,对外商投资实行一体化管理,从外商投资开始,所需要解决的一切问题,在开发区全给解决,不需要再往别的地方跑。那时,市里的改革很多还不到位,批准一个项目往往要经过几十个部门、几个月时间,在开发区,最快的一天就能定下来。

"不要",即所创效益全部留给开发区用于区域开发,市里不要一分钱。1984年,中央规定,开发区新增的财政收入,从批准兴办时起5年内免除上缴和上解任务,后又决定这种财政全留政策延长到1995年。天津市积极贯彻国家政策,对开发区建设给予了大力支持。

开发区正是在"不给、不管、不要"的政策支持下不断创新,靠内在动力自强不息,靠滚动开发从无到有、从小到大,使这块试验田结出累累硕果。

"小平房"承载"大梦想"

天津开发区管委会、总公司最早租用皇宫饭店客房办公,后来迁入和平区泰安道一号市人大办公楼。为了便于直接组织、指挥开发区建设,也让国外投资者更直观地认识开发区,管委会决定在"塘沽区四号路新港桥东"盖一处临时办公用房。于是,这座承载了老开发温暖记忆的"小平房",在1985年1月1日破土动工了。

俗话曰:"腊七腊八,冻死寒鸦。"已经进入腊月的北方,出奇的冷。天津开发区管委会庭院位于空旷的海滨,西北风肆虐。到了夜晚,狂暴的大风夹杂着砂粒状的黄土,吹打在脸上像刀割一样痛,天气环境异常恶劣。但在开发区管委会临时办公室的工地上,依然人喊马嘶、车辆穿梭、灯光如昼。施工队伍发扬"一不怕苦、二不怕冷"的精神,加班加点,拼搏了一个月,盖起了近2300平方米的开发区第一处办公用房,并实现了水通、电通、气通、电话通、院路平,创下了滨海地区在"三九"恶劣气候条件下施工的记录。

1985年春节前夕,房子建好了。那是两排简易的小平房,坐北朝南,只有十几间,房屋顶高2.5米,宽3米。房间连水泥地都没有,只铺了一层红砖,地势低洼,足足比路面低了1米多。屋内没有暖气、空调等设备。门前既不见水泥公路和假山喷泉,四周也没有松柏修竹和曲径水榭,要不是挂有一块"天津经济技术开发区管理委员会"的牌匾,外来人都会认为是个农村生产队队部。

房屋是多功能的——办公室兼宿舍、食堂兼会议厅、小会议室兼接待室。不管春夏秋冬,屋内都非常潮湿,睡上一晚,被子就像从水里捞出来的一样,黏糊糊地粘在身上。天一放晴,必须把被子拿出去晾晒,否则,晚上就没法睡。最让人难以忍受的是,一到夏天,蚊虫特别多,整个墙上密密麻麻铺了满满的一层。那时候没有班车,同志们市里往来上下班,要花费五六个钟头。一次,市政局的领导同志来开发区办事,当天没能赶回市里,就和开发区的同志们同住一个宿舍。他睡到半夜,觉得被子越来越湿,被冻醒了。他不解地问:"你们这被子是不是刚用水洗过的?"索性起来穿上棉衣,直到快天亮才入睡。

工作环境虽然艰苦,管委会各部门却在这简易的小平房里制定了许多有关开发区发展的重大决策,推动着开发区总体建设进程。当时,很多中央领导到这里来视察,管委会领导都是在这个小平房里向他们汇报工作。中央领导对简单朴素、粗茶淡饭的接待很满意,说这才叫开发区,这才是创业精神。有的领导视察开发区时讲:"你们这里没有金碧辉煌,有的是艰苦创业的热情,所以你们天津开发区起步晚,跑得快。"

这里还多次接待过外宾。许多外商看到这样简陋的办公室和接待场所,又看到热火朝天的建设场面,都不无感慨地说:"我愿意和艰苦创业的人合作共事!"称赞开发区人是真正干事业的人。当时,有些人曾担心外商看到这样落后的条件会嫌弃我们,而事实证明,很多外商就是奔着这群艰苦创业的人、这片被开垦出来的热土而来的。天津开发区以特有的朴实无华的风姿、坚定宽阔的胸膛,喜迎五洲宾朋客商。

泰达"家宴"，其乐融融

1985年的开发区，建设如火如荼。管委会工作人员个个马不停蹄，忙里忙外。那时还是周末单休，区里只有一辆班车，大部分职工家在市区，周一一早来开发区，周六晚上才回家，外地员工就住在管委会的职工宿舍。那时，开发区没有商场，没有饭店，也没有菜市场，如何填饱肚子就成了难题。管委会领导决定自己办食堂，地点就在塘沽区四号路新港桥东，管委会办公楼西南角的小平房里，小食堂就这样诞生了。之后，无论是中央领导还是海外客商，来到开发区就在这里就餐。

有了自己的食堂，大家欢天喜地而又充满期待，少不了把它好好"打扮"一番。有一种漂亮的灯，叫"满天星"，当时只在画报上看过，市面上买不到。负责人就跑到天津市电声器材厂，把做录音机喇叭的废弃零件回收过来，自己动手制作。为了让小食堂尽快启用，大伙儿连夜赶工。在大功告成的第一个晚上，小食堂里举办了一场小型舞会以示庆祝，管委会领导看到这"满天繁星"，颇感意外，"这灯是哪儿来的啊?"大家心里得意又甜蜜。

小食堂也是"会议厅"。利用短暂的就餐时间，有的人研究工作，开碰头小会;有的人向领导请示汇报工作，然后放下筷子就走，匆匆而来，匆匆离去。

食堂负责一日三餐，工作人员30多名，在食堂吃饭的足足有800多人。

所有搞开发建设的人都在这里吃饭，无论是机关干部，还是普通创业者，不分职务高低，统一就餐标准。管委会办公室还配了一辆车，每天早晨四五点钟出发去采购，周末还要到市区采购一些调料。

小食堂的师傅虽不是什么名厨，却有一手绝活。为了让大家吃好，总琢磨着把饭菜做出花样来，炸牛排、烙烧饼、炸油条……最受大家欢迎的，当属师傅们自创的面条，后来人们都亲切地叫它"泰达面条"。这种面条筋道耐嚼，酱卤的味道也好，是外面吃不到的，来开发区办事的人若是能吃上一碗"泰达面条"，便心满意足了。除了每天的伙食，小食堂的师傅们总是想办法把大家服务好。

周末，是住在市区的职工回家团聚的日子。平日里，家住塘沽的人也时常下班很晚，回到家商店都关门了，买不着东西。食堂的师傅们就想了个主意：把土豆、茄子、韭菜、芹菜等蔬菜加工成半成品，鱼、虾之类的海鲜过好油，装在塑料袋里让大家买回家。他们还经常和好香喷喷的饺子馅儿，让大伙儿回家吃上团圆饺子。周末的食堂门外，总是非常热闹，大家都嚷嚷着问："今天准备的是嘛？"

当时，管委会有一批刚毕业的外地大学生，都还单身，离家人也远。怕孩子们想家，食堂就分批为他们过生日。庆生的当晚，师傅们会炒几个下酒菜，再搞瓶酒，点上生日蜡烛，大家凑在一起喝酒、唱歌，直到尽兴而散。

每到年节，小食堂不仅要改善伙食，更要过出气氛。元宵节包汤圆，中秋节做月饼……最热闹的是端午节包粽子。买来芦苇叶子、枣和糯米，大家齐动手，不会的，跟着学，开始手生，一来二去就利落了，一包就是4000多个，看到大伙儿吃得开心，小食堂的师傅们这才感到满足。

"小二楼"——承载记忆的地方

1985年春节前,开发区管委会在塘沽区四号路新港桥东盖起了两排与公路平行、南北朝向、简易砖混的办公平房,这便是管委会、总公司继皇宫饭店和泰安道一号之后的第三个办公地址。

1987年,随着开发区的快速发展,工作人员日益增多,刚建好两年多的小平房已经满足不了办公需求。当年7月,管委会决定在平房上面再接一层,并对此项工程提出三点要求:第一,保证院内洁净;第二,不影响对外接待和正常办公秩序;第三,9月底完成施工任务。

"接二层"不是什么难活,可要按照这三条要求干,那绝不是一件容易的事了。工程要揭掉房顶油毡等覆盖物,正值雨季,为了防雨就要在施工时盖上塑料布,就怕万一下雨影响到一楼办公。施工队在平房四周搭上脚手架,围上篱笆,安全、洁净、有序地干起来。二楼接建完工后,一楼办公的同志搬到二楼,再装修一楼。等铺好陶瓷地砖、贴好壁纸后,一楼的同志再搬下来。全楼只有2个空调,一个在会议室,一个在接待室。接着又修建了围墙,铺了停车场,"农村生产队队部"瞬间有了机关的样子,也就是这时候,管委会的主任级领导才有了独立的办公室。

"小二楼"如期建好。据回忆,进院正对着的那栋小二楼内,进楼一层左边是工商局、规划局、土地局和经贸处等,右边是公关部和会议室。二层左侧是管委会办公室、政研室,右侧是工委办公室、宣传部、组织部、纪检委、监察局和法制处。进院门右边的那栋小二楼内,是劳动人事局、财税局、科技局、统计局、文教局、区工会、开放报社、图书馆和单身宿舍。

当时,按照管委会规定,处级以上领导干部每天晚上要轮流值班。白天人流穿梭的管委会,一到晚上就异常冷清。那时车辆进出新港,四号路是主要通道。一到夜间,不知从哪儿一下子冒出那么多的大卡车,发动机的轰鸣声加上铁制车身在颠簸路面发出的碰撞声震耳欲聋。夏秋之交,再伴着嗡嗡作响的蚊子轮番"进攻",几乎彻夜难眠。有的同志翻来覆去睡不着,心里总惦记着生产,索性下楼发动汽车,夜查工地,顺便在黑夜里围着3平方公里的起步区转一圈。

一天深夜,雷雨交加,正在值班的同志被一阵响动惊醒,起身一看,自己的鞋子竟在水中漂了起来,屋里的水已有半尺深。原来"小二楼"比四号路低许多,一下大雨,水就往里灌。他赶忙起来,和其他同志一起在门口筑起"防水堤",并打开地沟里的排水泵往外排水,整整一夜水才排干。大家虽然疲惫,但都非常愉悦,因为确保了第二天正常办公。

当时,在"小二楼"工作的大概几十号人,大家彼此都认识,工作都很熟悉。领导干部和同志们在一块儿的时间比较多,正式和非正式的沟通交流机会也很多。从外地来的十几个大学生,吃住都在"小二楼"里,白天一起工作,晚上一起谈笑、一起辩论,领导有时也加入辩论,有时还做起评委来。年轻人个个乐观向上,充满激情,共同成长。每逢周末,大家玩儿在一起,虽然那个时候条件并不好,但良好的氛围让大家乐在其中。在"小二楼"里,大家并肩奋斗了6年多。如今,虽然它已渐渐淡出我们的视野,但那段激情燃烧的岁月,那散落在时光里的美好记忆,让每一个"老开发"深深怀念。"小二楼",是一座记忆的丰碑,永远矗立在泰达人的心中!

"开发区大有希望"

1984年12月6日,国务院正式批复成立了"天津经济技术开发区",成为全国14个首批国家级开发区之一。之后,开发区管委会坚持"为投资者提供方便,让投资者赢得利润"的理念和"服务型政府"的定位,建区仅仅一年就签订了21个内外资项目,总投资额达到4700万美元,在全国引起轰动,同地处珠三角的蛇口工业区并驾齐驱。

1986年,美国驻华使馆给美国政府呈送了一份报告,他们对中国沿海18个经济技术开发区和经济特区投资环境进行了调查,感觉中国最好的两个投资区域一个是蛇口工业区,一个是天津开发区,认为天津开发区的领导班子很开明。当时我们国家的最高领导人也同样看到了这份报告,并高度重视。

1986年8月19日晚,邓小平同志由北戴河来到天津,一下火车就对时任天津市市长的李瑞环同志说:"我要看看你们的开发区,天津开发区很好嘛,已经创出了牌子,投资环境有所改善,外国人到这里投资就比较放心了。"

"小平同志要来了!"消息不胫而走。激动之余,大家紧锣密鼓地开始了各项筹备。当时开发区的配套设施还很差,更别说有像样的用来接待国家领导人的地方了。最终,接待地点选在丹麦与中国合资的丹华自行车厂,将丹华食堂布置成简易的会议室,作为汇报工作的地点。会议室的布置着实让招待所和管委会的工作人员费了一番脑筋。由于时间紧,沙发、茶几、屏风等家具根本没时间添置,工作人员便自告奋勇搬来自己家的家具。光是沙发,就先后搬来三套,最终选了一套最干净的。招待员的服装也是向渤海宾馆借来的,一色儿的白上衣、红裙子。两张小桌铺上块白布就成了写字台,连为小平同志题词准备的笔墨纸张,都是管委会工作人员从家中带来的。

1986年8月21日,一辆轿车沿着蓬草稀疏的盐碱地缓慢行驶。82岁高龄的邓小平,冒着酷暑来到成立不到两年的天津经济技术开发区,兴致勃勃地参观了丹华公司的车间和试生产出的自行车,会见了合资企业的中外双方经理。

对于向邓小平同志的汇报内容,管委会领导班子专门开会进行了研究,基本原则是"千万不要跟小平同志哭穷,只说市场经济和计划经济的矛盾之处"。最终总结出十个问题,比如外汇调剂制度,开发区以外向型经济为主导,出口后所得外汇却必须上缴,只能去北京的中国银行排队提取等,每一条都是一年多来在摸着石头过河心中产生的疑惑。邓小平同志仔细地听,不时点头微笑。

看到邓小平同志那么和蔼,有些大胆的年轻人就忍不住焦急地问邓小平同志:"听说咱们国家对外开放的政策要收了?"邓小平同志正抽着烟,听了这话,一侧耳,坚定地说:"对外开放还是要放,不放就不活,不存在收的问题。你们在港口和城市之间有这么多荒地这是个很大的优势,我看你们潜力很大,可以胆子大点,发展快点。向国外借100亿美元不要害怕,只要有效益,有什么危险? 200亿美元也没有什么了不起!"

听完汇报,为了鼓励年轻人大胆闯出新路,邓小平同志当场挥毫写下"开发区大有希望"。放下笔,微笑着说:"就这个容易(指题词),其他都不容易。"大家深知这句话的意义,改革不能一蹴而就,更不是一帆风顺的,一定要有坚韧不拔的精神。

第二天,邓小平同志题写的"开发区大有希望"经报纸刊发,成为所有开发区最宝贵的思想财富和精神力量。

在邓小平同志视察、题词精神的鼓舞下,天津开发区从小到大、从弱到强,在经济、社会、科技和环保等诸多方面创造了众多全国之最。全国开发区从沿海到内地,从"大有希望"到大展宏图,成为继经济特区之后的又一个奇迹,以"难以置信的中国速度"创造了沧海桑田的神话。

那些年坐过的"班车"

开发区建设初期,交通很不便利,没有京津塘高速,没有津滨高速,更别说轻轨了。唯一连接市区和开发区的路——津塘公路,也比现在窄上一倍,路面被一趟趟拉煤的大车轧得坑坑洼洼。

1985年,开发区有了1辆解放牌公交车,一周2次往返市区,周一早晨来开发区,周六晚上回市里,算是最早的班车了。1987年初,开发区开通了4辆班车,一辆广州生产的"东风"和3辆二手的日本生产的车。3辆日本生产的车都是右舵轮的,买的时候已经跑了几十万公里,那辆"东风",没有冷暖风,窗户也不严实。

因为路上耗时多,司机师傅通常凌晨4点就要起床。那时候的车不像现在,一拧钥匙就点着了,得用摇把摇,半个多小时才能把车摇着。天太冷的日子,就更费劲了,因为油的标号不够,造成结蜡堵塞油路。班车队的领导就挨家给师傅们送煤油,和司机一起把煤油加到油箱里,还要每人发一个喷灯,着车时用来烘烤油箱底部。都完成了,得到凌晨一两点,有时天已经蒙蒙亮了。

班车上人多座位少,经常挤得满满的,转个身儿都困难。早到的同志有座,晚到的有的坐在机器盖上,有的坐在门梯上,有的干脆把给汽车加水用的桶翻过来坐,就连工委、管委会的领导,也都曾是"机盖乘客""门梯乘客"

"水桶乘客"。

冬天，车内像冰窖，人们呼出来的哈气凝结在玻璃上，雾气慢慢结成了冰。司机看不清路，就在风挡前点几根洋蜡，烘出一条缝，眯着眼睛看前方的路面。后来，班车队给每辆车配了煤油炉用来烘烤风挡玻璃，解决了结冰的问题。赶上下雪，班车有时3个多小时才抵达"小二楼"。那时，路面不撒盐，结冰的路面像镜子似的，特别滑，刹车根本不起作用，每辆车配上防滑链才能走起来。为了打发漫长的车程，大家有的商讨起工作，有的当起了外语老师……

有一次，车坏在外环线，六个缸坏了一个缸，得把活塞拿下来。司机师傅让大家先走，但有几个人怎么劝也不走，有的人帮师傅打手电，有的人帮师傅看着东西，有的人跑到附近厂里联系修理工，还有的人到处找电话给司机家里报平安。一直到晚上12点多，才把一个活塞拿下来。司机师傅赶紧把车开到修理厂，必须连夜修好，说什么也不能影响第二天运行。

一个车队就是一个战队。路上，只要一辆班车坏了，其他班车都会停下来询问情况，再分别捎走几个乘客。有一次《交通安全报》的记者来塘沽采访，其间发现津塘公路上有个车队相互照应、井然有序，便临时进行采访，随后在该报登了一大篇文章，班车队因此被《交通安全报》评为优秀车队，并多次被评为市级安全标兵。

开发区总公司成立招待会侧记

1984年12月25日，天津开发区总公司在建区后的第19天正式成立了，主要负责开发区的基础设施，以及水、电、气、热等的建设和管理。

为庆祝总公司成立，管委会定于12月27日晚，在天津宾馆举行招待会。正当大家兴高采烈地做着各项筹备，突然接到市委主要负责同志的电话，告知已经确定下来的参会人员要做大幅度调整。放下电话，大伙儿心急如焚，离会议召开只有三天了，请柬要重写，座位要重排，还得保证三百名参会贵宾准时收到请柬，这个工作量可是不小！关键是绝不能出岔子。大伙儿立刻分头行动，写请柬，排座位，写座位上的人名……最难办的还要把三百份请柬送到每个参会人员的手里。那时候不像现在，没有电子邮箱，更没有微信，只能挨个儿去送，何况交通还很不便利。安排送请柬的同志分秒不敢耽搁，虽然已经忙乎了整整一夜，天还没亮草草吃了早饭便出发了。送请柬的地点除了六个在塘沽，其他都在市区，务必保证当天送达，圆满完成任务！

总公司成立的招待会终于如期举行。这个会场有些与众不同，没有查票、验票的，更没有门卫、警卫，有的是鲜花和笑容可掬、彬彬有礼的接待员、礼仪小姐。漂亮精美的请柬替代了门票、入场券，主席台上，没有摆放首长、领导的座席，取而代之的是花丛前面站成一排的满面春风的经理、副经理和襄理迎接着八方来客，敬候着中外贵宾。会议开始，没有领导大段冗长的讲话,而是简短的介绍,令人耳目一新。招待会上,时任天津市委副书记、市长李瑞环即兴吟诵了一副对联:"振兴中华,励精图大业;面向世界,众志建新城。"发出了向塘沽盐场三分场进军的"出征令"!

开发区基础设施建设就此拉开了大幕,也就是在这个月,开发区前期开发规模和第一个三年基础设施发展规划正式对外公布……

参数1

开发区第一期发展规模为2.986平方公里,配套开发生活区1.203平方公里,合计4.189平方公里。

参数2

三年后基础设施要形成下述能力:

1.完成各种道路21.6公里,二期路面11.87公里,路基36公里。

2.给水工程。完成给水管线65.6公里,其中引滦二道管线42公里,进区干线5.02公里,供水管线16.5公里。

3.排水工程。完成排水管线51.8公里,其中明渠6.4公里,雨水干线19公里,雨水支线5公里,污水干线17公里,污水支线4.4公里,建成大型排水泵站1座。

4.场地平整工程。工业区填土250万立方米,生活区填土120万立方米,区外填土3万立方米,共填土373万立方米。

5.电力工程。建成10千伏变电站7座,装机容量17×4770千伏安。建成35千伏变电站1座,装机容量2×31500千伏安。架设110千伏输电线路12.4公里。铺设地下电缆35千伏和10千伏共22.4公里。路灯布网10公里,通信形成装机2250门程控电话系统能力。为确保区内供电,还建成自备电厂1座,装机容量2×9500千瓦。

6.供热工程。工业区建设供热站1座,供热能力16吨/时,建设供热管网12.4公里。还建成综合燃料站1座,可供应柴油和液化气。

从这组参数足以看出当时拓荒者一种百米短跑似的竭力冲刺,一种不可遏制的神速,一种不可征服的魄力!

第一大街，生活区的"摇篮"

到了1985年底，已经有越来越多的企业入驻开发区，不少员工家在市区，上下班都要坐班车，往返路途占用不少时间。开发区领导者认为，一个开发区要形成整体实力、整体效益，招商引资与服务应当并举，不注重生活区的开发建设就是顾此失彼，应该尽快将生活方面的基础设施搞上去，吸引企业员工搬到开发区来，既方便了企业，也繁荣了开发区，无疑也会增强对外商的吸引力。

生活区一期1.2平方公里的建设工程，由房产物业公司负责开发，该公司隶属于实业公司。按照要求，1986年3月8日通过设计竞赛选定方案，4月1日开工建设，12月31日竣工，整个项目从前期规划到竣工只有不到一年时间。参加设计竞赛的有3家设计院，分别是天津市建筑设计院、化工设计院和机械工业部第五设计院。最终，天津市建筑设计院的方案在竞赛中脱颖而出。

1986年4月1日，生活区项目开工了，为了能按时完工，施工队伍加班加点、赶进度、拼效率、保质量，项目迅速推进。同年12月31日，投资1600余万元的生活区一期工程如期完工了，并获得了"安全无事故奖"。

这片最早的生活区位于第一大街从洞庭路到俱乐部的一段"24班"，开发区海关、退台楼、六角楼、邮电局、建设银行和工会俱乐部等，附近有蓝鲸商店、紫云餐厅、大阪酒店、福利快餐、共发酒楼、共发商店等餐饮零售店铺。那时,这一带便是开发区生活区的核心地带。

"24班"大楼坐落于第一大街南侧,初期规划是一所学校,一切都是按照学校的要求设计的,建有食堂、操场、报告厅和24间教室,所以大家都习惯地称之为"24班"。鉴于当时开发区的生活环境和居住人口的实际状况,这座大楼并没有作为学校使用,而是先后成为天津开发区总公司、管委会、泰达电视台的办公地。

"外贸小楼"位于"24班"大楼的东侧,与之相隔一条30多米宽的沟,小楼的设计在当时看起来很是别致。其左侧为一圆形的玻璃大厅,大厅内有一个室内养鱼池,各色锦鲤在池水中畅游。小楼的中央,有一个很大的室内植物园,种植着各种珍稀的花草。与植物园的巨大玻璃隔断相望的,是一间接待室。坐在接待室中,便可看到植物园中极为罕见的正在开花的龟背竹。一楼展厅展出了区内企业生产的威娜宝、奇士美口红、打火机等产品。当时,开发区还没有一个比较好的接待地点,国家领导和外国首脑来开发区参观考察,就多次借用外贸小楼的接待室。这个建筑后来成为开发区经发局和防疫站的办公地点。

退台楼位于第一大街北侧,因其独特新颖的造型而得名,远远看去,那几层楼房就像一级级台阶。三座退台楼的用处也各不相同。一号楼为紫云宾馆,与紫云餐厅、福利快餐、大阪酒家共同由总公司实业公司经营,另外两座由各单位租用办公。

蓝鲸商店坐落于第一大街北侧,"24班"大楼对面。当时,生活区与工业起步区有3公里距离,两者之间是大片的空地,只有洞庭路一条路连接。工业区内开业的"三资"企业,除原材料供应有自身渠道外,其他物资都要从塘沽区和市内采购,派车用人很不方便。针对这一情况,天津市机床公司、开发区生活服务公司和天津机床联接件厂共同出资20多万元,在开发区注册了专营商业企业——蓝鲸商店,这是开发区第一家零售商店。

六角楼为开发区管委会内部招待所,修建时因其设计新颖备受大家赞赏,但也因此给施工单位出了个难题——放大样时无法定位,后来找设计院一同研究,攻克了难关。

共发酒楼以及位于一层的共发商店坐落于第一大街北侧,具备餐饮及住宿等功能,现已拆除。早期入区的商贸企业及工业企业曾经在此设筹备处。

第一大街,是开发区腾飞的发祥地,也是开发区生活区的摇篮。开发区正是从这里起步,滚动开发,"规划一片,开发一片,收益一片",以坚实的脚步,向现代化城区迈进。

盐碱滩上创绿洲奇迹

开发区所在地，原是明末清初时开辟的盐场。数百年来，土壤侵蚀，含盐量高，1立方米土体平均含盐量4.73%，最高达7%，是植物耐受力的10倍，不仅寸草不生，连鸟兽也难以生存。在此搞绿化，群众戏称：栽上花草也会"一年青，二年黄，三年进灶膛"。曾经有位颇具权威的日本绿化专家，在这里取了土样，带回日本化验，过了一阵儿来信说：从未见过含盐量这么高的地方，同时表示对开发区的绿化无能为力。绿化如何前行的问题，处在"十字路口"。

为了尽快改变开发区的生态面貌，给投资者创造一个优美的环境，1986年4月上旬，开发区管委会在塘沽胜利宾馆召开了"盐滩绿化研讨会"，邀请有关专家研究论证开发区绿化这一重大课题。这次会议虽然取得了一定成果，但并没能为开发区的盐滩绿化提出切实可行的技术方案。

1986年春末，转机来了！塘沽区农林水利局组织农林和绿化口的部分专业技术人员，到河头乡的善门口参观农田排水新技术示范工程。开发区聘请的园林绿化顾问也去参加了。活动回来一踏进局里，她就高兴地说："今天上午看到的这项新技术太好了！完全可以应用到绿化上面来。"听她这么一说，同志们来了兴致。

"今天看到的这个东西是一种白塑料管。"她比喻说："你们知道洗衣机的排水管吧,这种塑料管的外形跟它相仿,只是在外管壁每道凹入的槽里边,打了一圈米粒大的小孔,地下水或重力水顺着这些小孔渗入管内排走。别看这种塑料管只有两寸左右的直径,但它的排水功能比粗它几倍的砂管一点儿"不差"。她又补充说:"还有一点,铺设这种管子可以通过机械设备来完成。今天做示范的就是一台像拖拉机一样的机器,一边行走,一边挖沟,一边下管,几亩地的管子,一会儿工夫就下完了,又省时又省力。管子的材质是塑料的,也不用担心断裂错位的情况发生。"大家顿时豁然开朗,把这个技术用在盐碱地绿化和土壤改良方面,也应该是完全可能的。尽管塑料暗管与砂管材质、管径不同,但它们控制地下水位、排水降盐的功能是完全一致的。

"那就试验一下吧!"同志们一拍即合,想法也得到了领导的大力支持。尽管当时园林局的经费十分紧张,局长还是让财务科科长想方设法挤出一万多块钱,买回3000米塑料暗管用于试验。而后科研人员南下,走访研制塑料暗管的上海农科院土壤肥料研究所获,得了第一手极其珍贵的资料和数据。

1986年盛夏来临之际,经过精心准备和前期试验,开发区的绿化建设者们向"绿色植物禁区"正式发起了挑战。老管委会"24班"院内土壤条件较好,被确定为第一块"绿化试验田"。在这个庭院里他们把原先严重盐渍化的老土清除掉,换上了从郊区运来的农田土,并第一次把塑料暗管铺设在绿地内。由于当时开发区市政排水管网还没有配套完成,为了使塑料暗管的地下水能顺利排走,他们专门建了一个强排井,安装了水泵。当强排井内的水位达到一定限度时,水泵自动启动将水排出,使塑料暗管始终能正常地发挥作用。他们种植了白蜡、国槐、木槿、月季、爬山虎……乔、灌、花草和常绿树都适当地选择了一些进行种植试验。经过几个月的精心养护,这些花草树木大都成活并长势良好。大家普遍担心树木种不活、长不好的情况,这一次并没有出现,他们终于看到了开发区绿化的曙光。

1987年春天,开发区绿化公司正式成立。虽然当时公司内从事绿化的只有五个人,但这标志着开发区的绿化事业开始有了一支专业队伍。有了老管委会庭院绿化成功的初步经验,绿化公司在更大范围内开始了绿化建设。如翠园小区庭院、洞庭路、四号路行道树,都是这一年春天建成的。他们还在新港四号路北侧建成了一块占地4840平方米的片林,整整齐齐地种植了一片白蜡树。这一年开发区的绿化面积达到了17700平方米,而且种植的各种植物普遍长势良好。三年后,这些树木已是枝繁叶茂、绿草成茵。在绿化公司的指导参与下,许多三资企业也积极开展厂区绿化。一个专群结合、共同绿化开发区的大格局形成了。

开发区园林绿化建设,依靠科学技术和集体智慧,创造了为世人称道的奇迹。1990年6月18日,在天津经济技术开发区盐滩绿化评估鉴定研讨会上,专家们对这一研究成果给出了一致意见:"开发区盐滩绿化应用技术为国内首创,建议在开发区今后建设中推广应用。"

泰达从零起步的生活配套

1992年春天，中国改革开放的总设计师邓小平同志发表南方谈话，天津开发区迎来了又一个大发展的机遇。但由于第三产业的滞后，影响了开发区的进一步发展，购物难、乘车难等问题尤其突出。在开发区领导的指导下，实业公司初步拟定了"天津开发区生活配套服务总体方案"，这个方案在管委会专题会议上被确认。方案中提出的十个建设项目，先后有九个得以实施，使开发区的生活环境逐步得到了改善。

最先建成的泰达超市，选址在第二大街总公司大楼一层。为了尽早建成开业，在大楼水电不通，周边道路未修，各种地下管网未填埋的情况下，同志们身背肩扛进料装修，搬运货物上架，硬是在50天内把店面装饰一新，并摆放好了4000多个品种、100多吨重的商品。1995年8月29日，就在大楼竣工当日，超市也正式对外营业。来参加开业剪彩的领导同志连声说："这真是开发区的速度，开发区的创业精神！"天津市领导同志还兴致盎然地题写了店名——"天津开发区国际超级市场"。从此，天津开发区有了第一家较大的购物场所。

为了改变开发区"进不来、出不去"的交通问题，组建泰达公交并在一年内通车运营的设想，迅速得到了领导的批准。受领任务以后，同志们的压力可就大了，没有人懂公交，主管公交的市公用局、交通局、物价局等，大家也从未接触过。但同志们顾不得这诸多困难,兵分几路,有的人负责办理车务、站务、票务手续,有的人去大江南北询价选车型,有的人负责招聘和培训司机,有的人搞场站建设,有的人设计行车路线和站点,还有的人深入企业组织客源。从立项到42条公交线路开通,7个月内全部完成,比预期提前了5个月。天津市领导不禁交口称赞:"只有开发区才能创造出这样的奇迹!"从此,开发区人可以乘坐自己的公交车出行了。

泰达书店在1996年7月6日由管委会批准立项,并被确定为当年9月24日开发区首届艺术节开幕时的第一个剪彩项目。短短的80天,大家克服了资金不足、渠道不畅等困难,每天工作12个小时以上,高效率、快节奏,吃住在现场,夜以继日、争分夺秒地拼搏,相继完成了书店内外装修、图书架柜设计制作、报批与注册手续等前期工作。为了开拓图书和音像货源,跑遍了北京、上海等地的20多家出版和发行单位,两万多册各类图书都是一本本挑选出来的,简直到了废寝忘食的地步。大家把"为读者找好书,为好书找读者"当作乐趣,并力求突出开发区特色,除政、经、文、史、教、儿等二十多类图书和音像制品外,还专门开辟了"泰达书籍专柜",利用这个窗口,宣传开发区的建设成就,介绍开发区的政策法规。同志们还根据开发区三资企业的实际和区内青年人居多的特点,购进各类专业书籍和代表当今科学、文化潮流的新书,尽量避免与区外书店在经营品种及方式上的雷同,力求使区内员工在这里都能找到适合自己工作和生活需要的图书。

开发区逐渐完善的优雅、舒适的生活环境,吸引了更多投资者和居民在此安居乐业,越来越多的人倾心于这片热土,倾情融入开发区的生活。

盐碱荒滩上的绿色杰作

天津开发区,一度被认为是"绿色植物的禁区"。建区之初,为了改变生态面貌,给投资者创造一个优美的环境,开发区人勇敢地向盐滩发起了挑战,经过反复实践,创新技术,创造了生态绿化从无到有的奇迹。建区十周年之际,为了进一步提升营商环境,也为了打造良好的人文环境和宜居环境,开发区决定修建一座开放式大型公园。于是,1996年1月15日,泰丰公园开始施工了。经过一年半的建设,1997年6月,这座由泰丰集团和开发区管委会共同投资3000万元的公园落成了,开创了企业投资建造大规模公益性景观公园的先例。

坐落于泰丰工业园内的泰丰公园,没有围墙,不收门票,这种开放式、免费的理念,在当时是非常超前的,开创了国家开放式公园的先河,当然也代表了开发区领导者的远见卓识。

回想起来,建造泰丰公园是需要很大勇气的,也承担了很多压力。在土壤含盐量高、地下水位高、地下水矿化度高、海拔低的盐碱地上能不能建成公园?为建公园投资值不值?让企业建造这样的公园,应不应该?建造过程中,更是出现了很多困难。公园场地内没有道路,运土、填土相当不容易。土质软到连车都开不动,运一趟土,前面要车拉,后面还得用铲车推。园内不仅要呈现北高南洼、东高西低的地形,还要挖掘人工湖。人工湖湖底的处理又是一道难题,主要是软基础,局部还是一种软泥,湖底面积较大,在伸缩缝处理上总遇到开裂、冒浆和地面变形等问题,前一天刚处理了伸缩缝,第二天就变形了,工人们只能通过做垫层等办法来重新加固。园内许多植物在开发区第一次引种,绿化科研人员和工人们不断探索和实践,不但在盐碱地种植、水面衬底方面摸索出新技术、新方法,还营造出园内疏林、草地、缓坡、净水的建造风格,把"白"变绿,把"绿"变美。

泰丰公园建成的时候,国家外经贸部领导来为它剪彩。在这个过程中,时任全国政协主席的李瑞环还为泰丰公园题了字。说到题字,还有一段插曲。当时天津主管园林绿化的负责人看到这片园林非常兴奋,主动提出要向李瑞环同志汇报,争取得到他的题字。报告送上去后,李瑞环同志说:"我很少为企业题字,考虑到绿化事业的重要作用,特别是在开发区这样一个荒野盐滩上建成公园的意义,我同意题写。但我现在不写,我要看一看是不是真的建成了。"李瑞环同志专门派人来开发区实地考察,当他看了公园的实景照片,便欣然写下"泰丰公园"四个大字,这块刻着李瑞环同志题字的石碑一直矗立在泰丰公园入口处。开发区老领导也为公园题诗、树碑:"晓照长天海日闲,蔚云无际听涛喧。春风千里蓼苍岸,万古荒沙变绿原。"

在今天看来,企业为公益事业做贡献,在当时颇有"第一个吃螃蟹"的感觉,而泰丰公司也因泰丰公园而产生了品牌效应,利润连年增长。泰丰公园早已成为开发区和滨海新区居民休闲的好去处。

涅槃重生 重塑昔日辉煌——泰达足球场的故事

2004年4月25日,中国第一座经过国际足球联合会(FIFA)认证的专业足球场——泰达足球场揭开了神秘面纱。2004年4月25日,泰达足球场测试赛,天津泰达队2:1战胜南墨尔本联队,杜尔桑成为第一个在泰达足球场破门的泰达队员,于根伟是第一位在这里完成进球的本土队员。泰达足球场首秀取得"开门红",由此开始了它的传奇之路。

2004年5月15日,泰达足球场迎来了正式亮相——首届中超联赛开幕式在这里举行,这也宣告着中国足球顶级联赛正式由甲A时代进入中超时代。

从2004年5月15日到2013年10月30日,泰达足球场总共举办了107场中超、3场足协杯、2场中超杯和9场亚冠赛事,天津队取得了61胜34平26负的成绩。

球迷心中的"梦之绿茵"

对于天津球迷来说,泰达足球场不仅是他们魂牵梦绕的精神圣殿,更是他们的青春记忆。这里见证了天津泰达队值得纪念的历史巅峰,也满载着泰达队和天津球迷满满的回忆。在泰达足球场提升改造前,场馆各处玻璃上,写满了天津球迷的留言,字字句句,都是天津球迷心里抹不掉的爱。

砥砺前行,再铸辉煌

时隔十年,升级改造后的泰达足球场焕然一新、重磅回归,与球员球迷再相逢。往昔那些雀跃的欢呼,哭红的眼,以及荆棘之路上永不放弃的努力……化为成长,化为勋章,更化为热爱之路的这一次重逢。

从提升改造正式动工,到竣工验收,泰达足球场从沉睡中醒来,天津球迷非常熟悉的泰达足球场标志性的四个灯杆,依然矗立在球场的四角,所有的灯都进行了升级,照明设施亮度更高而且更加节能。此外,球场外檐高耸的22根钢结构桁架(鱼刺骨),也已经整修一新。球迷入口和赛后疏散坡道也依然保留着原来的功能和模样。球场内的两块大屏幕已经升级为高清大屏幕。

提升改造后的泰达足球场的一大亮点在于草坪,使用了国际领先的锚固草技术,能够满足高密度赛程和高水平赛事的工艺要求,以及国际 A 级以上赛事的强度要求。

再接再厉,再铸辉煌

2023 年 7 月 21 日,这座见证过天津足球无数辉煌的专业足球场,与天津队和天津球迷一起开启历史新篇章。

一切的过往,或沉或浮,一切的情绪,或喜或忧,对天津足球和天津球迷来说,都是"序章"。

激情绿茵,新篇启航

2023 年 7 月,泰达集团全新管理团队——泰达丽盛入驻泰达足球场,以崭新的理念和专业的策略,致力于提升泰达足球场的服务水平,提升了比赛的观赏性,确保每一次主场作战都能让球迷们热血沸腾。

半程不败、主场不败是球队在2023赛季创造的高光时刻,而泰达足球场已展现过作为专业足球场地的全新魅力,全面对标国际一流赛场标准,赛场内外全面保障,每一个主场都呈现着氛围拉满的绿茵舞台。泰达丽盛团队也获得合作方的高度赞誉。

新的管理团队,新的运营理念,新的赛事体验。立足中国式现代化的新征程,泰达丽盛将深入学习贯彻习近平总书记视察天津时提出的四个"善作善成"重要要求,全面拓宽业务渠道,勇立潮头、奋发有为,全力打造泰达集团转型升级善作善成主力军。在泰达控股、泰达集团的坚强领导下,泰达丽盛将坚定信念,把握机遇,团结奋进创业绩,蓄势聚能开新局,不断谱写高质量发展新篇章。

第二篇

干霄凌云
打造市场化转型新引擎

泰达控股40周年

致力于成为国内一流的智慧城市运营服务商与绿色生态建设领域的引领者

天津泰达实业集团有限公司

天津泰达实业集团有限公司(简称"泰达实业"),系天津泰达投资控股有限公司(简称"泰达控股")所属五个子集团之一。为贯彻落实天津市人民政府关于泰达控股高质量发展实施方案批复的意见,2020年10月,天津津联投资控股有限公司(简称"津联控股")实质性并入泰达控股,并于2022年1月19日更名为泰达实业。泰达控股以泰达实业为主体,整合系统内公用事业、医药健康、生态环保板块资源和境外企业资源,着力打造泰达控股实业平台和跨境资本投资与运营两大平台。

作为泰达控股资产体量最重的子集团,泰达实业自成立以来,始终锚定高质量发展的目标,以科技创新、产业焕新、城市更新为突破口,以盘活存量、培育增量、提升质量为着力点,坚持"产业经营+资本运营"双轮驱动,致力于成为国内一流的智慧城市运营服务商与绿色生态建设领域的引领者。截至2023年末,公司注册资本312.29亿元,资产总额2180亿元,净资产941亿元,实现营业收入524亿元,拥有全资及参控股企业162家,AAA主体信用评级企业2家。

主动融入津城滨城发展，当好城市运行的压舱石

泰达实业所属泰达水业、泰达电力、泰达燃气、泰达热能、泰达市政、滨海公交、泰达绿化、泰达威立雅等多家专业公司，为滨海新区各企业和近百万居民提供水电气热智慧能源供应、智慧交通服务、现代化的市政基础设施建设与城市污水处理服务。拥有电力管线1300余公里，服务用户6万余户；自来水管网600余公里，供水面积近100平方公里，服务用户近6.9万户；燃气管网170余公里，年供气量1.5亿立方米；热力管网660余公里，供热面积2165万平方米；市政设施管辖面积440平方公里，设施拥有及养护量居天津市各行政区之首；公交运营线路141条，长度4000公里；绿地养管业务全面覆盖滨海新区和全国20余个省、自治区、直辖市，养管面积近4000万平方米；日污水处理能力10万立方米，出水水质达天津A级标准。泰达电力抢抓绿色低碳发展机遇，积极推动"源网荷储充"新型电力系统建设，以数字化赋能智慧城市运营。投资建设260兆瓦分布式光伏项目，已实现并网项目9个。投资建设46.9兆瓦时的电网侧电化学储能电站项目即将竣工，进一步增强电网的可靠性和灵活性。携手中国石油和滨海国投共同建设充电驿站，已顺利投运，满足区内客户绿色出行需要。水利集团承建海河口泵站、永定新河防潮闸、天开高教科技园天津科技广场改造装修工程等全国十几个省市的水利、市政、房建和环保项目，荣获国家优质工程奖、大禹奖、海河杯等73项，获授权专利93项。

充分发挥跨境资源优势，当好双向赋能的连通器

泰达实业充分发挥渤海国资境内产业投资平台、津联集团境外资本运作平台优势，逐步形成津、港、非三地联动工作格局。津联集团作为天津市驻港中资企业联系公司，承担"言商言政"的双重职责，多年来，始终坚持服务国家战略大局,积极履行中资企业在港社会责任,为维护香港繁荣稳定、服务天津经济发展、促进津港合作交流做出积极贡献。津联集团推动天保能源、康希诺、渤海银行等在香港上市,充分发挥境外融资平台作用,累计实现境外融资285亿港币和48亿元人民币。2024年4月,主体长期信用等级获评AAA,成为天津市国资系统首家获得AAA主体信用评级的境外企业。津联集团控股的上市公司天津发展控股有限公司是内地省市在香港的红筹企业之一,先后分拆王朝酒业和天津港发展在香港主板上市,又会同天津港集团开创了红筹与A股模式整合境内外上市公司的成功先例。渤海国资连续12年获得主体信用评级AAA级,获得资本市场广泛认可。中埃·泰达苏伊士经贸合作区是埃及当前唯一完成全方位配套、可以让企业直接入驻的工业园区,已成功吸引170家企业入驻,实际投资额超21亿美元,成为"一带一路"建设框架下中外经贸合作区的范例。

全力培育新质生产力,当好转型发展的排头兵

泰达实业顺应产业变革趋势,强力布局新兴产业,把积极培育信创产业作为公司主业之一。与中国电子旗下中电科技开展战略合作,设立中电科技(天津)有限公司,围绕天津软件园项目,推动开展"园区运营、产业引导落地""数字化服务""产业基金"等合作。泰达实业旗下津联资产投资5000万元参与开源共识(上海)网络技术有限公司融资,投资5300万元连续两轮参与鲲鹏信息融资,助力天津信创产业发展。天津发展投资5000万元加入天创海河永钛智能科技产业基金,现已完成7个优质项目投资。泰达数智科技依托泰达实业系统丰富的场景资源和数据资源,围绕智慧城市、智慧能源推进数智化产业平台建设。宜药印务在江苏镇江建立智能工厂,打造国内领先的智能化药品包装生产基地。城乡公司围绕生态优先、绿色发展,加强优质绿色项目开发,着力推动城乡区域经济融合发展。

始终践行国企社会责任,当好津城人民的守护者

泰达实业承担城市运行保障的各企业,从"斥卤不毛"的盐碱荒滩起步,伴开发区而生,因开发区而兴,始终与开发区共成长。从建成区内第一座变电站、第一条输水管线,到现在形成泰达控股智慧城市运营新格局。40年来,各企业始终坚持用心用情的服务理念,不断提升城市运营服务质量,为辖区居民提供优质、安全的暖心服务,着力打造泰达服务品牌。无论严寒酷暑还是节日假期,他们始终坚守在城市保障、防汛抗洪、扫雪除冰第一线,全力保障民计民生和城市运行,坚决扛起国企社会责任,展现国企担当,为保障津城、滨城居民生产生活安全做出巨大贡献。水利集团作为天津市防汛抢险应急保障骨干队伍,在2023年抗击"23·7"流域性特大洪水中,组建以党员为骨干的200余人抢险突击队,以分秒必争的坚定信念和勇毅无畏的过硬作风,冒着生命危险始终坚守在防汛一线,得到上级领导和社会各界的高度认可,荣获"天津市抗洪抢险救灾先进集体"和"天津市抗洪抢险救灾先进个人",并中标灾后恢复重建项目17个。

奋楫扬帆启新程,砥砺前行再出发。泰达实业将在泰达控股党委的坚强领导下,认真履行国有企业政治责任、经济责任、社会责任,坚定不移走市场化道路,全力发展新质生产力,加快绿色化转型,坚持数字化赋能,培育布局战略新兴产业,并积极融入"一带一路"、粤港澳、京津冀等国家战略,为泰达控股实现高质量发展,打造一流国有资本投资公司贡献实业力量!

赓续泰达创新创业基因　深耕国有金融资本运营

天津市泰达国际控股(集团)有限公司

诞生于改革创新的泰达国际

2006年5月,国务院出台关于推进天津滨海新区开发开放有关问题的意见,提出在滨海新区"本着科学、审慎、风险可控的原则,可在金融综合经营等方面进行改革试验"的要求。天津市委、市政府审视全市金融资源管理状况和金融业改革发展趋势,明确由泰达控股作为主要发起人,组建金融控股集团。2007年12月,承载着中央、市委对天津金融业综合经营改革试验期待的天津市泰达国际控股(集团)有限公司(简称"泰达国际")正式组建,金融控股集团的探索之路正式起步。

成立之初,泰达国际作为落实市委、市政府优化天津市金融企业布局结构、专门从事国有金融股权经营与管理的企业化操作平台,主要承担着对国有金融资产和股权的归集和管理。2009年、2010年,天津创投、天津国投股权注入泰达国际,原有5家股东增至8家,公司实收资本进一步充盈,试点探索步伐逐步加快,公司驶入了发展快车道。从2008年,恒安标准人寿第一家转股成功开始,一系列国有金融股权资本运作正式启动。截至2018年,相继完成恒安标准人寿、联合信用、天津信托、渤海证券、渤海财险、OTC(柜台交易市场)、津融集团、泰达宏利等金融企业的收购、组建,逐步形成了证券、信托、保险、基金四大板块的业务格局。2019年，天津市委、市政府决定将泰达国际作为天津市申请金控牌照主体，并将其他股东持有的泰达国际股权归集至泰达控股，使泰达国际成为泰达控股全资子公司。随着渤海银行、北方信托等持股金融机构管理权限的划入，"银信证保基"全金融牌照的格局正式形成。

传承泰达基因的泰达国际

如果说泰达国际的诞生，源于区域开发创新，那泰达国际的发展，离不开的是泰达控股的传承。1987年，泰达控股的前身——开发区总公司参与了开发区信托（北方信托的前身）的组建，是泰达参与金融业的开始。2001年泰达控股正式组建之后，在"资源经营"发展战略的指导下，金融产业在公司发展中的地位越来越重要。遵照国家的有关法律法规，泰达控股开始了对金融产业有计划、有步骤、有策略的主动性投资和管理。2002年，泰达控股与英国标准人寿保险公司合作组建恒安标准人寿保险公司；2005年，投资组建了渤海财产保险公司；2005年，作为第一大股东参与了渤海银行的组建；2006年，以北方国际信托投资为平台，收购了湘财荷银51%股权，并成功更名为泰达荷银；参与筹建渤海产业基金，设立国内第一支人民币产业投资基金；同期，还稳步推进了北方信托重组工作，并顺利增资控股渤海证券，作为发起股东助力长江证券上市。从前期筹备到后期股权划转，泰达控股作为主要发起股东，在泰达国际的发展历程中，全程扮演着至关重要的角色，可以说泰达国际自诞生之日起，身上就携带着泰达控股的基因。

厚植沃土聚能发展的泰达国际

回首泰达金融走过的37年发展历程，在历届党委班子带领下，泰达国际人传承泰达金融理想，牢记初心使命，坚守国有金融资产出资人职责，对控股金融机构的经营状况和绩效水平进行考核管理,对授权范围内的国有金融资产依法实施监督,经营中不断锐意改革、接续开拓创新,较好地实现了国有金融资本的保值增值,交出了一张合格的"初试答卷"。

完成国有金融资本运营专业平台的搭建。16年来,泰达国际始终专注主责主业,立足金融主业进行股权整合,有效汇聚各类资本投入运营,构建了"银信证保基"全金融牌照体系。依托参控股金融机构高效运营国有金融资本,以基金投资推动国有资本在"募投管退"中流动增值,以金融服务的资本放大效应提高资金周转效率,以推动所属金融企业上市盘活存量资本、优化资本配置,以资产管理多种手段实现资金、资本、资产周转循环,显著提升了资本运营效益。泰达国际从2007年最初的46亿元资产总额,发展到2023年底拥有822.77亿元资产规模,利润总额超过6.42亿元,公司资产总额年均复合增长率19.75%。

有效发挥国有金融资本运营功能作用。16年来,泰达国际及所属各直属企业紧紧围绕服务国家战略,在推动国有资本布局优化,助力实体产业振兴和支持地方经济改革发展方面发挥了重要作用。积极响应"一带一路""粤港澳大湾区"国家战略,成立恒安标准人寿(亚洲)公司,不断丰富金融产品、渠道,提供专业化的境内外金融服务。贯彻落实国务院关于深化国资国企改革的重大决策部署,参与组建滨海柜台交易市场,助力渤海银行上市、渤海证券首次公开募股(IPO)申请,推动天津信托股权混合所有制改革,结合企业发展需要补充资本金,通过打造金融创新交易平台、拓展企业融资渠道、推动企业与市场深度融合,不断增强国有经济的活力、控制力、影响力和抗风险能力。

国有金融资本运营的体制机制日趋完善。16年来,泰达国际始终坚持将完善市场化体制机制与实现国有金融资产保值增值相结合,深化"股权集中、统一管理、综合经营、分业运行"运营模式,打造高效专业的组织体系。

将人才作为开展国有金融资本运营的第一资源,培养了一支市场化、专业化、年轻化的高素质人才队伍。强化出资人意识,提高股东管理的专业化水平。全面推行任期和聘期考核,强化考核结果刚性应用,有效调动干部员工的积极性和创造性。将风险意识、底线思维贯穿经营管理全过程,牢牢守住不发生重大风险的底线。

国有金融资本运营的红色基因薪火相传。16年来,泰达国际坚决贯彻习近平总书记关于国有企业党的建设的重要讲话精神,将坚持党的领导、加强党的建设贯穿运营公司全过程,树牢"四个意识"、坚定"四个自信"、坚决做到"两个维护",切实筑牢国有金融企业的"根"和"魂"。积极稳妥推进党建入章工作,明确党组织在企业中的法定地位和领导作用。深化"三基"建设,基层党建规范性、制度性、自觉性明显增强。持续推动健全全面从严治党体系,推进党风廉政建设和反腐败斗争,政治生态更加风清气正。

所有过往,皆是序章。历史上,泰达国际曾被赋予作为地方金融业深化改革先行先试的重要使命,泰达国际人接续奋斗,完成了国有金融股权的归集,在金融业综合经营方面进行了有益的尝试,积累了宝贵经验。未来,泰达国际将深刻领会习近平总书记对天津工作四个"善作善成"的重要要求,以中央金融工作会议精神为根本遵循和行动指南,赓续泰达创新创业基因,担当起新的改革发展重任,以更广阔的国际化视野、更先进的经营管理思想和更加奋发有为的姿态,跑出新时代的加速度,在一次次的蜕变中谱写泰达金融建设新篇章!

见行见效促发展　善作善成谱新篇　打造成为
"善建善用善营"城市综合开发服务运营商

天津泰达城市综合开发投资集团有限公司

天津泰达城市综合开发投资集团有限公司(简称"泰达城投")系泰达控股的全资子公司,是泰达控股贯彻落实天津市人民政府关于泰达控股高质量发展实施方案批复的意见,整合系统资源,持续做强城市综合开发主业,于2021年8月成立的核心战略子集团。集团以"基础设施、区域开发项目+产业项目并重"为工作导向,开展城市基础设施建设、公益性项目建设运营、城市更新项目开发、保障性租赁住房建设,努力打造成为"善建善用善营"的城市综合开发服务运营商。

高擎改革旗帜,书写时代答卷,做强做优城市综合开发主业

2021年6月,天津市人民政府批复同意《关于进一步深化改革推动天津泰达投资控股有限公司高质量发展实施方案》,明确支持泰达控股继续承担天津市城市基础设施和公益性项目建设运营职能;支持泰达控股作为城市更新项目开发主体之一,运用相关城市更新项目开发政策,创新业务模式,加快土地和房产资源盘活利用;支持泰达控股以市场主体地位,参与滨海新区轨道交通等重点工程项目建设。自此,泰达控股全面开启转型升级高质量发展的新征程。

为推动高质量发展任务的落地落实,持续做强城市综合开发主业,立足泰达控股整体改革发展需要,结合境内外区域开发三十余年经验,2021年8月,泰达控股党委决定成立泰达城投,主要负责三大业务板块:分别为土地整理业务,包括津城、津南在手土地整理;城市基础设施投资运营业务,包括轨道交通基础设施、城市更新、保障性租赁住房、TOD综合开发、地产二级开发;以及产业园区开发业务。

扛牢项目突围,传承泰达战术,迈出高质量发展的铿锵步履

泰达控股工作报告指出,泰达的成长发展是建立在项目基础上,尤其是在好项目基础上的,重大项目都是泰达控股"骨头里长肉"持续发展的支持。这是举旗定向的宣言书,也是攻坚克难的路线图。重任在肩,击鼓催征,泰达城投自成立以来,坚定不移按照"项目为王、项目第一"的工作导向,研究贯彻落实党的二十大关于"实施城市更新行动"的要求,把握国务院出台的关于加快发展保障性租赁住房有关政策,聚焦市委、市政府"十项行动",以体现泰达战术、泰达打法的"六个专项行动"为抓手,实施了一批城市更新、保障性租赁住房、城市轨道建设、园区综合开发等项目。

截至2024年6月,泰达城投在手项目15个,投资规模约1000亿元,其中轨道Z4线总投资342亿元,全线长43.7公里,是目前全市最长的地铁PPP项目,是天津市轨道交通网络规划中"两横两纵"市域线中的一条纵线。滨海西站投资88亿元,为滨海新区最大的地上综合交通枢纽,与天津站、天津西站、滨海站并称为天津铁路四大主客运枢纽。和平南门外商圈北部片区、河东一机床、南开天拖、滨海新区华北陶瓷片区城市更新项目4个,总权益投资规模约400亿元,已挺进天津市城市更新规模领先行列;且三个城更项目(南门外、一机床、天拖)已放款51.3亿元,预计可获取增量融资151亿元、可实现销售收入200亿元,南门外项目还成为天津市区首个实现"拿地即开工"的非工业项目,跑出项目审批新速度,实现项目落地"零等待"。爱米斯、天江公寓、天泽公寓、延安化工厂、洪泽路及TOD泰达站保障性住房项目6个,约4080套,总投资规模19亿元,已进入国家住房租赁国有企业规模力统计视野,并代表天津国企位列第37位,其中爱米斯荣获了国家发展改革委24个盘活存量资产扩大有效投资典型案例,获央视新闻联播报道,同时在央视财经《经济半小时》栏目专题深入报道。河西区洪泽路项目为天津市首批取得项目认定的新建保障房项目,率先布局保障性住房领域,打响国有企业保障性住房品牌。泰达科创城首开区控规取得批复,打造中国北方首家空天信息主题产业园。TOD项目进入实质性启动阶段。同时,已将"津城"3000亩土地盘活压缩到1736亩,并力争于2024年底前全部实现盘活。

推进"三新"发展,做实"三量"共进,善作善成再谱新篇

历经短期跨越式发展,泰达城投全面开启打造成为"善建善用善营"的城市综合开发运营服务商的新征程,正走在以"基础设施建设为主"向"基础设施建设+产业项目并重"的转型道路上。坚持以招商为引领,以南门外商圈北部片区、河东一机床、南开天拖、泰达科创城等项目实施为契机,以"善建善用善营"为目标,聚焦"内容为王",聚链成群、集群成势,打造"有核有肉"优质项目。其中,南门外项目已与海信广场签署战略合作协议,天拖项目已与爱尔眼科签署合作协议。泰达科创城已落位"一带一路"空间信息走廊先导示范工程天津示范区、中集产城–泰达卫星物联网天津创新研究基地两大龙头项目,其中"一带一路"空间信息走廊先导示范工程已纳入首批"一带一路"建设"十四五"重点项目、国家级遥感数据与应用服务平台首批应用试点,切实在盘活存量、培育增量、提升质量上见行见效。

善弈者谋势,善谋者致远。泰达城投切实以"三量"为主抓手,以"三新"为突破口,承担好城市更新主体职责实施城市更新行动,紧抓加快推进保障

性住房建设、"平急两用"公共基础设施建设、城中村改造等"三大工程"建设机遇，积极抢占生物制造、商业航天、低空经济等战略性新兴产业新领域、新赛道，重点在推谋划新项目8个，投资规模约260亿元，包括河北华新大街、东丽程林、南开长虹公园、河西小无缝、南开密云路城市更新项目5个，河北志成路百利和交通集团地块保障性住房项目1个，科创城一期（空天信息产业园先导区）、764空天信息产业园（津滨双区产业园项目）园区综合开发项目2个，扎实推进存量资产盘活，助力产业焕新、城市更新，加快形成更多新质生产力。

行之力则知愈进，知之深则行愈达。四个"善作善成"赋予城市综合开发新的时代任务和使命，在续写泰达控股转型升级高质量发展的征程上，泰达城投切实树牢"交账添秤"，保持"响铃交卷"的紧迫感，在发展新质生产力上奋勇争先、善作善成，推动高质量发展向着结构更优、质量更高、后劲更足、实力更强的目标迈进，努力让泰达事业的壮阔画卷再开新局、再展新篇。

三十而立　正青春　再出发
以新担当新作为勇当泰达控股善作善成主力军

天津泰达集团有限公司

展望前路,不舍初心。1994年,经市体改委批准,天津泰达集团有限公司由天津开发区建设开发公司、天津开发区商业公司、天津开发区进出口公司等公司组建而成。当时,天津市和开发区赋予了泰达集团产业促进和区域开发的使命,这是公司的基因和初心,也是公司艰苦创业的起点。历时三十载,公司走过了一条充满了荆棘、充满了探索、充满了生机、充满了希望的奋斗之路。

筚路蓝缕,乘开放春潮踏上征程

在滨海新区泰达大街的垦荒犁纪念广场,矗立着一座名为"垦荒犁"的纪念碑,上面镌刻着"开发区大有希望"。1986年8月21日,邓小平同志来到了天津开发区,为给一线建设者们鼓气,在公司参股的丹华自行车厂会议室,邓小平亲笔题词"开发区大有希望",这熠熠生辉的七个大字,记录着我国改革开放初期一段"春天的故事",成为激励全国开发区创业争先的座右铭。

千里之行,始于足下。创业初期,泰达集团紧紧跟随开发区"筑巢""引凤",聚焦服务区域的招商引资,投资参股了斯坦雷、施耐德等100多家合资企业,陪伴开发区一路成长,积累了产业投资及对外合作的丰富经验。公司历经风雨,一路走来,见证了开发区在各领域的发展。

辛勤耕耘,随改革大潮破浪前行

伴随着城市化进程的加快,公司聚焦城市载体功能,以区域开发及房地产、现代服务业为主业,进入了快速发展阶段。在滨海新区和天津市区,泰达集团同时开发了两个具有相当影响力的城市资源开发运营项目——泰达时尚广场和泰达城,经过多年不懈努力、精心构筑,已成为泰达集团最具代表性的"双城记"作品。公司积极投入滨海–中关村科技园建设,同时产业布局辐射海南、成都等多个外埠城市,走过了一条"片区开发+房地产"的发展道路。

公司通过对外贸易、工程咨询、星级酒店、会展会议等多种类业务,广泛传播了泰达品牌,形成了"政企互动、规划引领、招商保障、股权合作"的发展模式,在开发端和融资端锻造了能力长板,培养输出了诸多专业人才。

再创辉煌,随发展浪潮扬帆远航

2022年7月,泰达集团成为泰达控股"5+5"战略布局的城市综合开发专业子集团,迎来了新发展阶段。公司紧扣"三量""三新"及"四个善作善成"的发展方向,深耕中新天津生态城和天津开发区的主战场,创新"打造新质生产力、培育持续增长动能"的转型模式,立足高质量盘活存量资源,聚焦"信创园区""主题文旅""特色商业"的细分赛道,围绕京津冀及周边城市群的目标市场,积极探索"以开发为基础、以产业为核心、以运营为根本"的发展路径,全力推进天津软件园开发运营、泰达航母5A景区创建、临海新城综合开发、泰达时尚广场运营升级等重点项目,加快构建公司高质量发展的新引擎。

砥砺奋进加速跑,只争朝夕向未来。公司打开了融资新局面,积聚了发展新动能。

多元聚合,精研土地综合开发。作为京津冀地区的海洋明珠,临海新城聚焦发展文旅板块战略要地,项目规划面积约31平方公里,汇集国家海洋博物馆、妈祖文化园、南湾公园、东堤公园等一系列重点文旅项目,呈现和谐、优美、舒适的海洋文化特色。当前,泰达集团正以特色产业导入为关键抓手,加快开展新一轮临海新城全域策划。

统筹布局,聚力产业园投资运营。天津软件园抢抓京津冀协同发展战略机遇,践行市委、市政府"三量"工作决策部署,是天津市深化中新两国产业合作拓展、巩固信创产业领先优势、引领推进经济数字化转型的重点项目。泰达集团致力将天津软件园发展为"软件技术策源地、软件企业生态区、软件产业增长极",成为"中国软件名园",助力天津步入"中国软件名城"!

厚积薄发,深耕商业文旅运营。泰达航母作为国家4A级旅游景区,紧紧围绕"建设世界级海上军事文化体验区"目标,打造成为集编队观光、国防教育、主题演出、会务会展、红色培训、特色研学、娱乐休闲、影视拍摄八大板块于一体的大型军事主题公园,"到天津、看航母"已经成为天津旅游的一张亮丽名片;泰达足球场雄踞三大商圈中心,作为国内第一座通过国际足联认证的A级专业足球场,先后承办过中超元年开幕式、世界杯预选赛、亚冠联赛小组赛、足协杯等各类国际国内大型赛事,成功带动"体育+"业态发展,助力了天津足球发展,重启了泰达时尚广场"板块生命力"。

春华秋实,岁月如歌。三十年如白驹过隙,回望来时路,经历过创业的艰辛,也品尝过收获的喜悦。恒者行远,行者无疆。在这片充满生机和活力的热土上,泰达集团再次敲响铿锵前进的鼓点,站在更高起点继续谱写辉煌壮丽的"泰达"新篇章!

打造国有资产提质增效的泰达模式

天津泰达资产运营管理有限公司

天津泰达资产运营管理有限公司(简称"泰达资管")成立于2016年8月,注册资本14.08亿元人民币,是天津泰达投资控股有限公司(简称"泰达控股")为推进"四个一批"国企改革工作,全资组建的国有特殊资产管理公司。

2022年,泰达资管整合系统内资产管理业务单元,成立泰达资管管理子集团。泰达资管秉承泰达控股"诚信、专业、唯实、人本、创新"的企业精神,坚持改革创新,遵循"六化"标准,聚焦存量资产投资、运营确权、盘活处置,推进瑕疵资产确权及价值提升,服务泰达控股"3+2"战略目标,充分发挥泰达控股资产管理平台公司作用,不断传承"泰达精神",致力于打造区域有一定影响力的资产管理公司。

目前,公司管理各层级企业合计144户,主要由梅江会展中心、泰达酒店、方通集团、泰达商管、泰达物业、美国钢管(泰达)、灯塔涂料7户直管企业和原医药、水产等混改剥离企业组成。

泰达资管聚焦盘活找突破,致力于成为国有资产的"金牌管家"。天津梅江会展中心项目整体分为N馆和S馆,总占地面积41万平方米,总建筑面积37万平方米,为客户提供场地租赁、展会承接、商业经营,以及广告宣传、活动策划、展台搭建、宴会餐饮及组织体育表演活动等全链条专业、精准、快捷、高效的整合服务,高质量承接夏季达沃斯论坛、国际矿业大会等千余场大型展览活动,重磅签约沃尔玛山姆会员商店及5万余平方米线下运动体验业态,年引育客流突破千万量级,焕新打造城市"展商联动"新地标,全力助推天津市现代服务业优质发展。天津泰达商业运营管理有限公司成立于2018年,注册资本金1000万元,系天津泰达资管全资子公司,从事写字楼、商业综合体、公寓、酒店、底商、住宅等不动产商业运营管理,运营管理房产约36万平方米、土地近1万亩。公司围绕"重资产经营与轻资产运营相依托、专业化服务与精细化管理共促进"的发展理念,持续提升品牌价值,打造成为专业化商业管理平台。

泰达资管加强存量资产盘活和产业园区开发投资,致力于成为优质项目的"培育专家"。泰达资管聚焦自身主责主业,积极推动闲置低效资产盘活,独立完成方案设计、资产收购、京东谈判、工程改造、物业运营,以及协调政府关系等全环节工作,采用"股+债"的创新性资金模式,引入京东MALL(购物中心)落户天津,孕育泰达荟自营品牌,实现经济效益与社会效益双丰收,打造城市潮流消费中心。方通集团公司成立于1999年6月,注册资本5亿元。作为一家军队移交企业,自成立以来,方通集团公司先后接收军队、武警部队和政法机关移交企业146家,顺利完成企业移交、改革退出、人员安置、资产整合、债务重组等各项任务,进一步优化了产业布局、完善了资本布局,盘活了存量资产,增强了集团公司核心竞争力。方通集团公司以主题产业园区为主线,围绕全产业链布局、全生命周期开展管理运营服务,实现价值链的延伸,以中国(北方)商用车产业园项目为发力点,高起点规划、高标准建设、高水平运营,打造商用车后市场主题园区的泰达名片;以办理临港项目一期码头运营资质为抓手,广泛寻求意向产业战投,打造具有绿色码头营运与高端装备制造的综合性园区;以华北陶瓷城城市更新为契机,深度推进石材城项目迁址及筹划论证。经过多年的探索、布局和深耕,方通集团公司初步形成了初具规模的集汽车产业、石材、仓储物流、装备制造加工四大工业园区版块,正朝着实现区域领先的专业化工业园区运营商的愿景目标前进。

泰达资管整合资源深耕运营,致力于成为文旅业界的"服务行家"。旗下天津泰达国际酒店集团有限公司成立于1994年,共拥有酒店项目5家,其中既引进了万丽及万豪行政公寓等知名高端国际品牌,又弘扬了"泰达酒店"这一自主品牌。通过兼收并蓄、优势互补,酒店集团已成长为天津高端服务业的主力军。其业务范围既涵盖客房公寓住宿、餐饮服务、宴会会议承办等传统全服务类别,又延展至酒店用品采购等产业相关业务内容。作为天津市旅游饭店业协会会长单位,泰达国际酒店集团紧紧围绕"创造舒适,卓尔不凡"的企业理念,持续提升品牌价值,汇聚八方来客,为天津市和泰达控股的高端服务业发展贡献力量。天津泰达物业服务有限公司成立于2017年,注册资金3000万元。公司依托品牌优势,落实泰达控股"协同理念",探索拓展"物业+增值服务",向培育增量发力,面向客户提供客会服、秩序、保洁、工程维修、餐饮等服务内容。公司涉及企业办公及写字楼类、文旅类、工业园区厂房类、商业综合体类、会展类、公寓类等多种服务业态,以"智慧引领、客户至上、专业创新、追求卓越"为服务理念,彰显泰达服务品质。

泰达资管依托泰达品牌的耀眼荣光和深厚底蕴,以高质量发展为首要任务,推进"三新"发展,做实"三量"共进,为国资添活力、为改革增动力、为泰达强实力,致力于奋力打造国有资产提质增效的泰达模式。

"量质双升"争做新质生产力"碳"路者

天津泰达股份有限公司

天津泰达股份有限公司(简称"泰达股份")成立于1981年,注册资本14.76亿元。1996年在深交所上市,现为天津泰达投资控股有限公司(简称"泰达控股")实控的深交所主板上市公司。

"十四五"规划时期,泰达股份积极发挥在生态环保产业的先发优势,全面抢抓"双碳"国家战略机遇期,围绕"生态环保"主业,聚焦"大环保、新材料、新能源"三个产业方向,已基本完成"泰达环保、泰达洁净、国泰清洁能源、泰达环卫、泰达污水、泰达碳资管"六大实业平台的布局。"一核心主业、三产业方向、六实业平台"的泰达股份,已成为泰达控股、天津国资改革发展的骨干企业和中坚力量。

2023年,泰达股份坚决贯彻天津市"十项行动"和泰达控股"六个专项行动",以公司"十二个专项行动"为具体实践方向,实现营业收入211亿元,归母净利润1.83亿元,总资产超410亿元。

大环保板块竞逐绿色低碳发展"新赛道"

大环保板块,以天津泰达环保有限公司(简称"泰达环保")为核心企业,致力于城乡固体废弃物的综合处理与循环利用。泰达环保成立于2001年,注册资本13.55亿元,是国内最早从事市政垃圾固废处理的企业。泰达环保作为国家级高新技术企业,曾获国家科学技术进步二等奖,与国家发展改革委、清华大学共同开发的清洁发展机制(CDM)方法学,为基于京都议定书进行跨境减排交易奠定基础。经过23年专业化发展,泰达环保业已成为以焚烧发电为核心技术,围绕市政垃圾、农林废弃物资源化利用,兼有餐厨污泥粪污协同处理,覆盖医废危废和建筑垃圾处置、提供绿色蒸汽和供热服务的综合性环保产业集团。

近年来,泰达环保放眼全国市场,绿地项目与并购重组"双轮驱动",不断扩大市场规模及行业影响。2023年,泰达环保实现9省15市的全国布局,并正式向海外启航,年内与委内瑞拉、埃及、孟加拉国等地达成了初步友好合作意向。2024年一季度,泰达环保累计实现营业收入29054万元,利润总额3618万元,归母净利润2359万元,多年来实现利润倍增式发展。

作为国家"双碳"战略坚定实践者,泰达环保受金融领域大力支持与认可。2024年6月,泰达环保与中国中信金融资产管理股份有限公司实施新一轮市场化债转股,中信金融资产出资10亿、泰达股份出资2.5亿元受让原市场化债转股股东农银金融资产投资有限公司、陕西金融资产管理股份有限公司持有泰达环保合计37.4%股权,中信金融资产同时新增2亿元市场化债转股,进一步优化了泰达环保资产负债结构,增强了公司资本实力,提高了公司市场竞争能力,持续助力公司高质量发展。

新材料板块充分激发转型升级"新动能"

新材料板块,主要以天津泰达洁净材料有限公司(简称"泰达洁净")为平台,致力于空气过滤材料、液体过滤材料、耐高温过滤、医疗卫生防护材料和保暖及隔音材料的研发生产和销售。泰达洁净成立于2004年,注册资本8000万元,是国内最早涉足洁净过滤材料生产厂家之一。作为国家级高新技术企业、国家级绿色工厂、天津市第一批"专精特新"中小企业,以及天津市绿色发展"领跑者"企业,泰达洁净依托强大的研发能力和产学研合作,参与编制了多个国家及团体标准,曾获国家科学技术进步二等奖,设备先进性和技术领先性方面位居国内行业一流。

泰达洁净深耕非织造领域20余年,拥有自主知识产权的熔纺技术。在抗击新冠疫情中勇担使命,凭借自主知识产权生产的医用N95级口罩滤芯,作为国家重点防疫物资保供单位,2020年被党中央、国务院、中央军委授予全国抗击新冠肺炎疫情先进集体。后疫情时代,泰达洁净积极进行转型升级,与知名汽车企业进行新产品合作开发试验,同时根据客户需求完成汽车滤清器材料定制化开发工作,成功进入汽车产业供应链,并形成稳定产业化订单。未来将持续建立健全全体系燃油过滤材料开发,成为服务新能源产业发展的新材料供应商。此外,依托国家级绿色工厂和两化融合体系建设,泰达洁净积极开展新型绿色过滤材料及高效能降耗滤材得研发,在关键技术上持续突破,进一步降低生产过程资源能源消耗,实施关键核心产品的碳足迹管理,提升产品含"绿"量及市场竞争力。

新能源板块结合资源禀赋蓄势"新模式"

新能源板块,发挥既有清洁能源产业优势,充分挖掘绿电资源,推动大环保与新能源融合发展。2024年6月,泰达股份、泰达电力与国家能源集团所属国华投资合资成立国泰(天津)清洁能源有限公司,注册资本1亿元。公司业务将紧密围绕可再生能源就地消纳、外电入津、综合智慧能源、绿电制氢、制氨及应用等领域,推进零碳智慧楼宇、园区、港口等多场景建设,大力发展绿色能源、绿色建筑、绿色化工、绿色港口、绿色园区,在天津乃至全国范围内共同打造"绿色零碳清洁环保"经济发展模式。

泰达环卫公司面向既有固废处理项目所在城市,通过整合环卫产业链上下游,提供包括道路清扫、城市保洁、垃圾收储转运一体化服务,并通过补链强链固链,与分布式光伏、绿电、氢能等新能源产业项目协同发展,推动全国"无废城市"建设。

泰达污水公司聚焦"城乡污水+流域河道治理",通过与新能源产业协同,打造"光伏+污水处理"项目,为污水处理厂"高耗能"探索实现绿色零排放的重要减碳路径。

泰达碳资管公司围绕"产业绿色化、绿色产业化"发展路径,打造"碳资管+绿色投资"双驱动发展模式,以碳咨询、碳开发、碳交易、碳技术等碳资产管理全产业链服务为"软连接",以绿色投资业务为"硬基础",开展一系列落实国家"双碳"战略的专业服务,并积极整合内外部资源推动绿色低碳产业创新发展;泰达碳资管还将以创新为向心力,开展低碳领域和碳市场关键技术研究,灵活运用节能减排技术和抵消机制等多项措施,发挥科技引擎作用助力"双碳"目标实现。

2024年是实现"十四五"规划目标的关键一年,也是泰达控股成立40周年。泰达股份将坚持和加强党的全面领导,把握时代趋势,抢抓政策机遇,利用资源禀赋,持续培育新质生产力,奋力书写泰达股份改革发展新篇章。

"科改示范行动"为公司高质量发展赋能

天津力生制药股份有限公司

"力生",一个有着鲜明时代印迹的名字。

"力生"的诞生为缓解新中国成立之初药品不足之困和稳定药品市场之难发挥了重要作用。73年的沧桑历程,如同一部新中国医药工业发展史的缩影。

厚积:一路奔跑见繁花

1951年,邵炳符、杨蕙芝夫妇在天津成立了"私营惠符制药厂"。1964年,"惠符"搬迁至南开区黄河道厂址,更名为"公私合营力生制药厂","力生"取"自力更生、艰苦奋斗"之意。

20世纪七八十年代,中国的改革开放风起云涌。力生也转变思想,将整个工厂打造成为"产学研的思想车间"。1983年,力生与天津医药工业研究所签订合同,针对中国人体质,共同开发新型降压药。五年后,新产品——吲达帕胺片获批上市,为全国首仿。

力生的首开先河远不止于此:从全国第一台滴丸机、填补空白的激光打孔机,到掀起"药瓶革命"的塑料瓶生产线、风行东瀛的男宝,一款款首开先河的代表作,印证着"力生"强烈的创新意识。

1993年,在国内合资企业蓬勃发展的关键时期,力生制药出资成立了第一家合资企业——天津田边制药有限公司,在接下来的几年间又先后成立了5家合资企业。至20世纪90年代末,销售业绩不断攀升,合资办厂有声有色,企业效益越来越好。

2001年,力生完成了股份制改革,2010年4月23日,"力生制药"成功在深交所上市交易,标志着企业步入了一个里程碑式的全新阶段。2016年,公司搬迁至西青经济开发区,新厂区占地面积300亩,年产能力达100亿片。2021年,力生制药正式加入泰达控股体系,踏上了高质量发展的"新征程"。

创新:科改东风乘势上

2022年,在国务院国有企业改革领导小组办公室公布的"科改示范企业"名单中,力生制药赫然在列。乘着这股东风,公司驶入改革创新的快车道,一项项看得见的改变正在密集发生,迸发出强大的内生动力。

人才是企业活力迸发的源泉。力生制药从最硬核的用人与激励机制入手,创新实施以"双轨制、多通道、能流动"的用人机制,最大限度吸引人才、培养人才、留住人才、激发人才。建立与市场接轨的薪酬制度吸引高技术人才落户,建设天津市缓控释及固体分散体药物制剂重点实验室、博士后科研工作站;实施多元化中长期激励,继完成对特定员工限制性股票的授予外,又建立项目跟投机制,国资系统第一个跟投项目"注射用盐酸罗沙替丁醋酸酯研发项目"在子公司生化制药成功落地;制定"2×5"人才体系建设方案,打通各类人才晋升通道;制定《营销中心区域负责人末位淘汰考核管理办法(试行)》,激发营销人员活力……这些创新机制实现了关键岗位核心人才与公司共担市场竞争风险、共享改革发展成果,真正激发企业内生动力与活力。

近年来,公司以"服务型、学习型、创新型"企业建设为抓手,推进高质量发展。作为一家有着丰富生产经验的制药企业,公司推动生产制造向规模化、绿色化发展,建立以制造能力为核心、以创新能力和服务能力协同支撑的产能共享平台,积极拓展CMO(首席营销官)、CDMO(合同研发组织)业务,为天津市医药创新生态提供服务与产业支撑。广泛推介公司"原料+制剂"、十万到十亿、有专利到无专利、简单制剂到复杂制剂、国内到国际五大优势,作为公司新开拓业务板块,受到国内多家客户的认可和信赖,已承接12个品种、年产15亿片的订单。

焕发:护佑众生勇担当

药物研发,意味着从0到1,意味着诸多的"无法预料",但力生制药从立项研发的第一步开始,就在众多的不确定性中寻找成功的路径。公司积极打造原始创新策源地,建强创新研发平台。开展高端制剂技术研究,持续推进激光打孔膜控释技术平台、骨架缓释技术平台、缓释微丸技术平台、固体分散体技术平台和直服颗粒技术平台建设,形成特色制剂技术平台。同时,公司还加速布局中药及大健康产业,2024年初,公司收购江西青春康源制药65%股权,进一步丰富了中药产品线。至此,形成了以惠符制药为口服固体制剂生产基地、中央药业为软胶囊及中药产品生产基地、生化制药为无菌制剂生产基地、江西青春康源为中药生产基地、河北昆仑制药为原料药生产基地的"1+4"产业化布局。

在不断创新的同时,公司也专注于"老药"的焕新。三鱼⑧镇痛片(氨酚咖匹林片)始于1930年,浓缩几代人信任,历经九十余年畅销不衰。新冠疫情期间,公司克服人员和物流等资源匮乏的困难,以超常速度保产保供,坚持不涨价,该产品被老百姓亲切地称为"退烧锦鲤",并评价为"小鱼"有良心;2023年,公司引进了新的智能化生产线,改变了过去几十年来的包装规格和手工装盒的操作,整个生产流程一气呵成、井然有序,以机械连线生产替代手工操作,生产速度从原先的240万片/天提升至480万片/天,由原来的全线近50人、2天的工作量减少至全线11人、1天的工作量,大幅缩减产品生产周期和人力成本,这种改进充分体现了"小鱼"有匠心;全新升级的"三鱼"依旧保持着亲民的价格,2024年2月,"三鱼"被认定为"中华老字号"。未来,力生制药还会将更加先进的技术应用于产品研究、降低用药成本,减轻患者痛苦,实现"小鱼"有创新! 这既是国有企业应该承担的社会责任,也是企业发展的不竭动力。

坚定:文化自信树信念

为深入学习贯彻习近平总书记视察天津重要讲话精神,深入学习领会天津市委、市政府主要领导调研泰达控股讲话精神,在泰达控股成立40周年之际,一场关于以"好人好药"为主题的大讨论席卷全公司。大家在思想碰撞中增强了对企业文化的认同感,经过多轮讨论,从征集到的300余条内容中,汇总出了企业新时期的价值观是"做好人 做好药",使命是"让更多人更健康",愿景是"成为更亲民的医药健康企业",这三句话简单但不肤浅,人人能听懂,人人能记住,人人能传播,人人能践行。力生制药也将把企业文化作为高质量党建引领高质量发展的纽带,以企业文化引领企业战略,形成攻坚克难、争先进位的强大力量。

面朝星辰大海,享受春暖花开。未来,力生制药党委将继续坚持以习近平总书记提出的"研发生产更多适合中国人生命基因传承和身体素质特点的'中国药'"的殷切期盼为目标,发扬"功成不必在我,功成必定有我"的精神,深入贯彻落实天津市委、市政府主要领导到泰达控股调研的讲话精神,深耕智能制造,坚守创新精神,弘扬工匠作风,坚定不移走科技自立自强之路,让"力生"这张名片更加闪亮。

涅槃重生之路

滨海投资有限公司

　　滨海投资有限公司(以下简称"滨海投资")成立于1994年,2000年于香港联交所创业板上市,2004年因合规问题被香港证监会停牌。2009年,完成了重组复牌,天津泰达投资控股有限公司(以下简称"泰达控股")成为公司控股股东。重组复牌以来,滨海投资一方面加强合规治理,将一家被监管机构停牌的公司重塑成为一家诚信合规、治理完善的上市公司,并于2014年实现了从香港创业板转为主板上市。另一方面滨海投资大力发展各类经营业务,拓市增效,聚焦天津滨海新区、环渤海、长三角等区域的清洁能源市场,把一家严重亏损的公司逐步改造成为连续多年盈利,业绩快速上升的上市公司。2020年9月,公司正式引入中石化长城燃气有限公司(以下简称"中石化长城燃气")作为资源型战略投资者,成为公司第二大股东。同时,当年12月公司正式纳入国务院"双百企业"。

回顾历史

　　2004年,在香港联交所创业板上市的城市燃气企业——华燊燃气有限公司(以下简称"华燊燃气")被香港证监会勒令停牌,公司陷入困境。基于民生、安全等因素,泰达控股从社会大局出发承担起华燊燃气重组复牌的艰巨使命。复牌方案包括股权重组、债务重组、资产重组、公司内控系统和治理结构重组等异常复杂的问题,复牌过程一波三折。2009年5月12日成功复牌,泰达成为华燊燃气的控股股东并将公司更名为滨海投资有限公司。在香港资本市场,停牌历时5年还成功复牌的案例并不多见。

成功复牌只是迈出了万里长征的第一步。停牌5年,滨海投资错失了天然气行业跑马圈地的黄金发展期。2009年复牌之初,公司没有源头气源、没有一寸高压管网、市场损失殆尽,很多燃气项目被竞争对手抢占、被政府托管,公司人才缺失、资金匮乏、处境艰难。2009年,公司销气量仅7500万立方米,账上累计亏损10亿元港币,重组后仅有不到2亿元港币的营运资金,捉襟见肘。滨海投资还要接受香港证监会3年的严格指导监管,金融机构因为公司前身的原因,把滨海投资列入信贷的黑名单。与此同时,2008年爆发的金融危机正肆虐狂飙,香港经济百业萧条,滨海投资面临着生死存亡的巨大考验。

涅槃重生

滨海投资全体员工发扬泰达精神,以改革发展和奋勇争先的坚定意志挑战逆境,突破屏障,坚持市场化理念拓展市场、提升业绩,打造发展之路,用良好业绩赢得尊严。滨海投资连续14年,累计投入超过60亿元建设辐射滨海新区和其他经营区域的中高压管网。公司目前管输能力已经达到100亿立方米,成为滨海新区最大的天然气供应商,同时滨海投资加大天津市外项目的深耕细作、收购并购,业务覆盖八省二市,已经从名不见经传的燃气企业成长为在国内跨区域的中型公用事业上市公司。

亮点工作

2009年5月12日,历经5年艰苦奋斗,泰达控股通过在香港成立的全资子公司——泰达香港置业有限公司,以其为主体收购原华燊燃气63.19%股权,并将华燊燃气更名为滨海投资有限公司,成功于香港联交所创业板复牌。

2010年9月10日,滨海投资有限公司与天津钢管集团股份有限公司签订了天然气销售合同,确立了天津滨海新区天然气供应的重要地位。

2011年8月17日,在内地与香港经贸合作项目签约仪式上,滨海投资成功与渣打银行(香港)有限公司签订天然气管道项目贷款委托协议,并得到当时访港的国务院副总理李克强的见证,该项融资安排是香港作为国际资本平台积极参与国内基础设施建设的良好示范,也体现出香港银行界对滨海投资的信任和支持。

2013年10月26日,滨海投资有限公司在天津滨海新区燃气管道工程全线贯通,实现了公司南北气源首次互联互通。11月28日,滨海投资有限公司向联交所提交正式申请,将股份由创业板转往主板上市。

2014年2月11日,滨海投资有限公司成功从香港交易所创业板转主板上市,开启了公司发展的新征程。这一成绩极大地提升滨海投资、泰达品牌在香港资本市场的形象和地位。滨海投资(原名华燊燃气)于2009年5月12日成功复牌,通过持续的资产整合,将优势资产装入上市公司,将低效资产清理退出,共完成26家燃气门站的整合工作,同时通过业务拓展,将其主营业务定位以滨海新区为核心,辐射全国,取得了连续3年的良好业绩,销气量、销售收入、净利润等重要经营指标连续保持20%以上的增长,扭转了濒临摘牌退市的困境。6月30日,滨海投资有限公司与香港若干银行订立本金总额不超过9.3亿元港币的有期贷款融资,以首次动用日期起计为期36个月,将用作附属现有债务之再融资及一般企业用途。本次银团贷款融资是滨海投资公司转香港交易所主板上市以来的首次资本市场重大融资项目,再次证明资本市场对滨海投资长期、持续、快速发展充满信心。

2015年泰达控股和中新天津生态城管委会合作框架下,公用事业企业组团承接"临海新城"项目,业务协同和区域拓展成果初显。滨海投资抢抓政策机遇,大力创新开发模式,发挥管网建设和气源优势,与南部新城、临海新城、宁河开发区等签署合作协议,服务区域累计达63平方公里。

2017年12月,滨海投资有限公司通过4.7公里高压管线(设计压力4.0MPa)实现与中海油和中石油两大国家天然气干线之间的互联互通。

2019年11月18日,滨海投资有限公司入选天津市国资委"准双百企业"。

2020年4月23日,泰达控股携手央企合作伙伴中石化长城燃气,成功签署滨海投资混改项目股权转让协议,标志着滨海投资混改工作取得重大阶段性进展。9月24日,滨海投资有限公司混合所有制改革项目完成交割,中石化长城燃气投资有限公司成为第二大股东。同年12月26日,滨海投资有限公司首次入选国务院国资委"双百企业",成为天津市七家"双百企业"之一。

2021年1月13日,滨海投资有限公司完成股票期权计划,并进行首次授予,打造了天津市双百企业在健全激励约束机制方面率先突破的成功范本,成为天津市国有企业中首个成功实施股票期权的案例。

2022年6月8日,泰达控股与中国石化天然气有限责任公司签署《关于进一步推动滨海投资高质量发展的框架协议》,双方将通过深化合作推动滨海投资做强做优做大,有效提升滨海投资在天然气行业中的影响力和竞争力。

2023年2月20日,滨海投资有限公司下属全资子公司滨海投资(天津)有限公司就收购天津经济技术开发区南港发展集团有限公司所持中石化天津液化天然气有限责任公司2%股权与南港集团签署股权转让协议。该协议的签订有效提升了公司储气调峰能力,加强了公司对多元化资源的控制,提高了天然气供应的可靠性及稳定性,同时将更好的对接国内外LNG(液化天然气)资源,获取更多的LNG贸易机会。

2023年5月29日,天津泰达投资控股有限公司与中石化天然气有限责任公司再度携手,达成《关于进一步支持本公司完善产业链条的框架协议》。这一合作标志着两大股东对滨海投资未来的发展规划达成进一步共识,为滨海投资的高质量发展开启崭新篇章。

2024年滨海投资有限公司在国务院国资委地方"双百企业"评估专项工作中获评"优秀"等级。

成绩只属于过去。滨海投资作为泰达控股5+5重要成员企业,重任在肩、使命光荣!滨海投资涅槃重生的故事是饱含汗水、泪水和奋斗而沉淀下来的宝贵精神财富。不忘来时路,继续走好滨海投资高质量发展之路,为泰达控股续写辉煌贡献新的力量。

传承泰达精神 服务实体物流

天津滨海泰达物流集团股份有限公司

时光荏苒,春华秋实,在泰达控股成立40周年之际,泰达物流也将迎来自己18岁的"成人礼"。18年开拓奋进、18载砥砺前行,作为国有控股境外上市公司,泰达物流始终坚持以党中央精神为指导,全面贯彻落实习近平总书记关于国有企业改革发展的重要论述,坚决落实国有控股股东的战略发展规划,推动国有资本保值增值;作为国家AAAAA级综合服务型物流企业以及中国物流与采购联合会副会长单位,泰达物流坚持打造专业物流服务平台,立足滨海新区,服务制造业、产业链,依托专业资源及操作团队,持续提升服务能力,全力保障区域民生,为提升区域实体物流效率做出泰达贡献!

生于泰达 服务口岸

为借助天津港口物流枢纽的区位优势,整合优化泰达控股持有的物流仓储资产及物流公司股权,进一步打造专业化物流平台公司,天津泰达投资控股有限公司与天津经济技术开发区国有资产经营公司于2006年6月26日共同出资成立泰达物流,注册资金达2.65亿元,其中泰达控股持股70%。成立后,泰达物流有效利用国有控股股东注入的资源,进一步稳定所属合资公司主业,为一汽丰田天津工厂提供汽车物流服务,为摩托罗拉、阿尔卑斯电子等多家知名电子制造业企业提供电子部件物流服务,同时提升自有专业物流园区运营效率,为区域内相关制造企业提供优质仓储物流服务。

香港上市　资本增值

为融合驱动资本运营和产业经营,借助国际化资本做优做强国有企业,利用上市公司监管规范公司内部治理,经国有控股股东批准,2008年4月30日,泰达物流在香港联合交易所创业板上市(H股代码:8348),共发行8931.2万股H股,募集资金净额约1.77亿元港币(发行价格每股1.98元港币),注册资本增加至3.54亿元人民币。

上市港股创业板成为泰达物流发展历程中的重要里程碑,不仅是对既往业务路径及经营管理的肯定,而且是未来发展的新起点,标志着泰达物流赢得了资本市场的支持信任,可以进一步合规拓展业务规模,促进国有资本保值增值。

股东调整　回馈国资

上市后,泰达物流持续开拓市场、扩大规模。经国资监管机构批准,2012年泰达物流发生股东变更,正大制药投资(北京)有限公司收购经开区国资经营公司持有泰达物流的全部普通股股权(21.82%),正大置地有限公司收购泰达控股持有泰达物流8%的普通股股权。正大股东的股权投资成本为1.84亿元,使泰达物流国有股东持有的泰达物流股份实现溢价,此后,泰达控股仍然保持对泰达物流的控制权。

资本运作　内资股"全流通"

在国有控股股东支持指导下,泰达物流于2023年5月4日向证监会递交内资股"全流通"备案申请,经两轮提问及答复后,取得证监会及香港联交所对"全流通"事项的批准及批复。10月27日,泰达物流境内未上市的2.56亿股股份转换为H股股票在联交所GEM板上市。至此,泰达物流H股数目由0.98亿股增加至全部3.54亿股。H股"全流通"在一定程度上提高了公司的资本市场关注度,公众持股份额从27.73%提升至35.73%。

自2008年上市以来,已累计向股东分红1.59亿元,其中向国有控股股东分红0.71亿元,以实际行动回报股东的指导和信任。

协同赋能　智慧物流

泰达物流一直致力于为客户提供综合物流服务及供应链解决方案,业务涉及汽车产前及产后物流、铁路商品车物流、保税仓储物流、电子零部件物流和冷链物流,国内业务分布至全国各地,国际业务分布至全世界22个国家或地区,尤其是在汽车相关物流服务、电子零部件物流服务方面拥有长达20年的运作经验,与丰田汽车、阿尔卑斯电子等跨国企业建立了长年稳定的合作关系。泰达物流在滨海新区优越地段拥有自有物流设施达60万平方米,经营设施面积超过140万平方米,自有各类运输车辆538台,管理协力公司车辆达数千台。

汽车物流。1996年7月,天津丰田物流有限公司成立,采用日本先进的物流管理模式,为一汽丰田汽车及其配套零部件厂家提供全方位服务。从"零部件"到"4S店"深度嵌入式的配套服务已成为汽车整车产销不可分割的一部分。经过长达20多年的精耕细作,丰田物流积累了丰富的整车及零部件物流服务经验,多次获得一汽丰田等客户的肯定和赞誉。

仓储物流。2001年7月,天津开发区泰达公共保税仓有限公司成立,主要致力于为客户提供物流方案定制、仓库管理、分拨配送、多式联运等服务,充分利用铁路货运专用线、仓储堆场核心资源,在仓储业务、商品车铁路发运业务同向发力,稳定经营业绩。

电子零部件物流。成立于1992年10月的天津泰达阿尔卑斯物流有限公司和成立于2003年3月的大连泰达阿尔卑斯物流有限公司主要为日本阿尔卑斯集团内企业提供电子零部件物流服务。针对电子产品仓储及产前整备管理的需要,采用专门适用于BMI(买方管理库存)或VMI(供应商管理库存)商业模式的软件管理系统,为高端电子产品客户提供包括仓储和内陆运输在内的全程物流综合服务。目前已在东北、华北等地区建立电子零部件物流业务网络。

冷链物流。2011年7月,泰达行(天津)冷链物流有限公司成立,投资建成天津港区高标准冷库,近年来持续推动冷链物流业务数字化建设,着力打造冷冻食品行业"共享、共创、共赢"的数字化生态体系。新冠疫情期间,泰达行积极履行社会责任,全力配合海关对进口冷冻肉品的内外包装及规定点位进行核酸检测与消杀作业,为进口冻品提供清关查验、仓储打冷、运输配送等一站式快捷服务,助力民生物资的市场流通和供应。

不忘初心　展现担当

征程万里风正劲,重任千钧再出发。回首来路,泰达物流在泰达控股的支持指导下成立发展,持续为繁荣区域经济、实体物流做出泰达贡献。未来,泰达物流将继续牢记国有控股企业的"第一身份",坚持以习近平新时代中国特色社会主义思想为指导,坚决落实上级党委及国有控股股东的战略部署,不忘初心、砥砺奋进,以高质量发展为首要任务,推进"三新"发展,做实"三量"共进,以"时时放心不下"的责任意识更加奋发有为地做好各项工作,为泰达控股成立40周年添彩,为续写泰达控股高质量发展新篇章做出新贡献!

风起渤海之滨　潮涌香江两岸
天津跨境资本运作的排头兵

天津发展控股有限公司

风起渤海之滨

1997年初,伴随香港回归祖国的脚步越来越近,天津拟将优质资产在香港设立新的公司以联通津港两地,实现协同发展。尽管当时困难重重,但在市委、市政府的大力支持下,各方克服阻力,1997年5月9日,天津发展控股有限公司成功组建。"天津发展"简简单单四个字,却似重有千钧,饱含着天津市委市政府对渤海之滨的深深祝福和对公司的殷殷期盼。

作为香港特别行政区的"同龄人",天津发展于1997年底成功在港交所上市,代码为HK0882,为天津市一举融资12.3亿元港币,至此,天津发展与北京控股、上海实业、粤海投资等共同成为四家内地省市在港上市的红筹公司,并于1998年11月,天津发展成为香港恒生指数100家成分股之一,1999年2月,天津发展成为香港红筹指数48家上市公司之一。

天津发展主要业务包括消费产品(王朝酒业相关酿酒业务等)、基建业务(津政交通、天津港相关集装箱处理及港埠资产)及其他投资(华燊燃气、奥的斯电梯、住宅物业、贸易等)。

潮涌香江两岸

27年来,香港已经成为天津联系世界经济的纽带,引进资金、技术、设备及管理的窗口,以及对外经济、文化交往的桥梁;天津稳定的社会环境,快速的经济发展和丰富的自然资源,也为香港在津投资提供了广阔的发展空间,而天津发展则是天津与香港联系的重要纽带。

27年来,天津发展勇立国际资本市场潮头,进行跨境资本运作,先后多次把天津市业绩显著、有发展潜力的优质资产注入上市公司,并以红筹公司分拆形式,在香港股市挂牌上市,广泛吸收海外资金,用于天津市经济建设。

2004年,天津发展旗下津政交通将所持有的部分公路收费权转让给泰达控股。同时,天津经济技术开发区的水、电、热3家企业资产注入天津发展,为上市公司公用设施板块奠定基础。

2005年、2006年,天津发展先后分拆王朝酒业(HK 0828)和天津港发展(HK 3382)在香港主板红筹上市,2009年又会同天津港集团以"红+A"模式整合境内外上市公司,开创了境内外资本市场红筹与A股整合的成功先例。

2012年,天津发展收购天发设备66%股权及天锻56.62%股权,扩充机电制造板块资产。

2015年,推动天津部分医药资产进入境外上市公司,成为近年来地方国企以无偿划转方式实现同一集团内部返程并购的第一案例。这部分医药资产包括A股上市公司力生制药股权(002393.SZ,持股51.36%)、宜药印务、药物研究院参股股权,由此医药资产实现出境注入香港上市公司。

砥砺奋进廿七载

走过27年不平凡的历程,天津发展正与香江一道,在新时代续写狮子山下发展新故事、繁荣新传奇。

多元化业务：目前天津发展的业务以有限多元化为主，覆盖了公用事业、医药、酒店、机电、港口服务及升降机和扶手电梯制造等多个领域，天津发展目前控股A股上市公司力生制药，并持有港股上市公司天津港发展21.6%股权。

积极的股东回报：天津发展的业绩持续稳健，公司通过派发现金股息的方式，给予股东持续回报，截至2023年度，公司累计分红18.52亿元港币。

国际化资本运作：天津发展通过分拆上市、以"红+A"模式整合境内外上市公司、境内外资产重组整合等方式进行了多次成功的跨境资本运作，开创了多个"第一案例"，积累了丰富的国际化资本运作经验，拥有一批熟悉境内外资本市场投资运作经验的人才。

积极履行社会职责：天津发展将履行环境责任作为管治及策略方向的重点，制定了积极、可持续发展的环境目标，天津发展计划至2025年，每千元人民币收入的空气排放量和水排放强度、危险废物产生强度、电力消耗，以及温室气体排放强度、公用设施分类的蒸汽消耗强度、用水强度等均较2019年下降5%。

奋楫逐浪向未来

近年来，津港两地合作不断深化，优势互补越发明显。当前，泰达控股正紧跟天津市"十项行动"步伐，深入推进项目突围、招商引资、上市公司质量提升等"六项行动"，继续在天津市全面建设社会主义现代化大都市进程中发挥主力军和排头兵作用。香港是世界著名的金融、贸易、航运中心，是全球经济最活跃的地区之一，随着宏观政策持续释放红利，有利因素加速积累，天津发展将在泰达控股的整体大战略引领下，积极与香港社会各界找到更多战略协同点和合作机会，搭建联通津港、共赢发展的桥梁纽带，立足"国家所需、香港所长、天津优势、企业所能"，共享机遇、共谋发展。

第三篇

灿若繁星
共谱高质量发展新篇章

泰达控股40周年

"没有限电日"的开发区

天津泰达电力有限公司

起步：开创"没有限电日"的开发区

在1984年天津经济技术开发区(以下简称"开发区")建区伊始,全国电力供需关系"需大于供",天津市电网供需矛盾紧张,不仅体现在电源的不足,网架结构薄弱也是其中一个主要的原因。那时的开发区建在一片盐碱荒滩上,电源资源的严重匮乏影响了投资者的体验。面对这种情况,泰达电力人迎难而上,在当时的盐碱荒滩上筚路蓝缕,逐步建立了110千伏、35千伏、10千伏变配电系统。随着一座座变电站建成投运,一条条电缆线路铺设完成,电网就像"大动脉"一样,为区域发展不间断地提供安全稳定的电力供应。自此之后,泰达电力在约40平方公里区域内实行自建、自管、自营、自调,这种独特的运营模式和超前的电力规划在当时的全国供电系统中是独树一帜的,开创了一个"没有限电日"的区域投资硬环境。

犹记泰达电力公司(以下简称"泰达电力")成立伊始,老一辈泰达人克服困难,用肩膀扛起了一座座杆塔,用双手建起了一座座电站。专业人才也相对匮乏,最早的变电站是委托天津碱厂动力车间的师傅们管理的,他们用自己的青春汗水,铸就了开发区电网的建设。其后,泰达电力人持之以恒钻研电力技术,攻克了一个又一个难题,不断提升运维管理能力,用辛勤的劳

动创造了安全供电的良好局面。1993年11月,泰达电力取得了安全供电
2000天的辉煌成绩。时任泰达电力经理富兆麟同志在安全供电2000天新闻
发布会上自豪地表示,泰达电力人有能力维护好自己的电网,能够为投资者
创造良好的供电环境。时任天津市副市长的叶迪生同志为泰达电力题词:
"安全供电2000天,创造了中国电力系统的新纪录。我们要向世界水平迈
进,创造2万天安全供电的新奇迹。"半个世纪不停电,这不仅体现了市领导
对泰达电力人的殷切希望,更是对改革开放事业的坚定信心。

发展:以优质服务为发力点构建品牌软实力

如果说,安全供电是基础,那么优质服务就是泰达电力生存的法宝。开
发区东区独特的供电模式,形成了泰达电力、泰达控股和开发区政府相互支
撑、共同发展的良好局面。泰达电力作为开发区的配电企业,受泰达控股直
接指挥,同时开发区管委会拥有一定的主导权,在电力政策执行、电网规划、
客户服务方面有着充分的政企联动。在政府监督、企业转变的内外力作用
下,"优质服务"泰达电力快速发展的"发力点",与广大用户保持着良好的供
用电关系。

泰达电力的服务还体现在亲商、引商、助商、成商的环节,腾讯数码(天
津)有限公司作为北方重要的数据中心,位于开发区东区服务外包产业园
内,供电容量达9万千伏安,投产当年纳税就达到6亿元。

腾讯公司在投资时,要求一主双备,提供两路110千伏电源,但根据规定
应自建110千伏变电站。因投资和风险问题,使得腾讯公司一度动摇了将此
项目放在天津的想法。泰达电力决意尽最大努力帮助腾讯公司解决用电难
题,为开发区留住这一大项目、好项目。为最大限度地满足腾讯的实际用电
需要,泰达电力结合东区自身电网规划和实际情况,为腾讯公司量身定制,
最终实现10千伏低成本供电。泰达电力为最终促成该项目落户东区服务外

包产业园贡献了重要力量,成为区域当年招商引资的样本。泰达电力的服务理念与开发区当年提倡的"全方位保姆式"服务一脉相承。腾讯公司曾表示,"进驻开发区多年,鲜有停电情况,110千伏站不停电,这种电力供应水平在全国而言都是少见的"。

腾讯公司深为泰达电力主动、高效、严谨、处处为用户着想的工作作风所折服,数次致电、亲临表达感谢。腾讯公司董事会主席兼首席执行官马化腾曾在接受采访时表示,腾讯数据中心的安全性令人放心,更加坚定了腾讯之后将业务侧重北方的信心。

转型:以源网荷储充为路径构建新型智能电网

泰达电力在一次次优质的服务中成长,从来没有停止过前进的步伐。2015年,全国新一轮电力体制改革拉开序幕。泰达电力抢抓机遇,于2016年6月向国家能源局华北监管局提交了办理"电力业务许可证(供电类)"的申请,并有幸被列入第一批增量配电业务改革106家试点名单之中。2017年与天津市电力公司滨海供电分公司签订了《开发区东区供电区域划分协议》,为推进"电力业务许可证(供电类)"的取得铺平了最后道路。2018年取得了国家能源局华北监管局颁发的"电力业务许可证(供电类)",成为一家拥有配电网运营权的售电公司。从1988年公司成立到2018年取得电力业务许可证,这张许可证凝聚着一代代泰达电力人的希望。时年81岁的叶迪生再次给泰达电力题词——"共赴征途多少年,青春同献在盐滩,新人再继辉煌业,时代潮头任更艰"。

在这样的鞭策下,泰达电力以新的身份勇立电改潮头。浪潮中,泰达电力响应优化营商服务环境的有关政策,一方面落实"同网同价""降低一般工商业电价"等工作,另一方面为创建更优质的"获得电力"体验,加大了对服务的投入,建立企业用电绿色服务通道,作为天津第一批售电公司进入电力交易市场,开展直购电交易、绿电本土化交易等新业务。电力市场化交易开展至今,偏差电量控制能力位列天津市售电公司综合排名第一。

2020年9月,习近平总书记提出了碳达峰、碳中和目标。2021年3月15日,习近平总书记在中央财经委第九次会议上,对碳达峰、碳中和作出进一步部署,提出构建以新能源为主体的新型电力系统。这是自2014年6月提出"四个革命、一个合作"能源安全新战略以来,我国再次对能源发展作出的系统深入阐述,明确了新型电力系统在实现"双碳"目标中的基础地位,为我国能源电力发展指明了科学方向、明确了行动纲领、提供了根本遵循。凭借敏锐的洞察力,泰达电力在"十四五"规划之初就锚定"双碳"目标,制定了"逐步构建可持续发展低碳高弹性数字化智能电网"的远景规划。近几年,随着全国新型电力系统的发展建设,配电网逐步成为电网发展的重要担当。泰达电力再次乘势追击,主动作为,从"源网荷储充一体化"入手,全力推动数字化、智能化转型,加快区域新型电网建设。

截至2024年4月,泰达电力在经开区东区范围内搭建的"源网荷储充"系统已初具轮廓,并在建设规模和新型电力系统实践方面走在了全国配电网企业前列。区内接入分布式光伏总容量93兆瓦,建有46.9兆瓦时电网侧电化学储能电站一座,充电桩近400台,2023年和2024年签订绿电协议280亿千瓦时。搭建光缆145公里,光传输设备覆盖全部10千伏及以上系统变电站。同时,各类数字化平台也逐步完善建设,包括新能源群调群控系统、新型电力负荷管理系统、电网自动化系统及客户服务系统等,为接入虚拟电厂平台,实现市场环境下的"源荷"互动奠定基础。

立足中国式现代化的新征程,泰达电力将深入学习贯彻习近平总书记视察天津时提出的"四个善作善成"重要要求,全面落实市委、市政府"十项行动"、泰达控股"六个专项行动"部署,以新的电力市场主体身份投身到新的电力市场改革大潮中,全面拓宽业务渠道,抢抓低碳转型契机,大力拓展新的业务领域,勇立潮头、奋发有为,切实扛起区域电力保供和能源数字化转型的重任,在开发区改革发展历程上、在泰达控股推进高质量发展进程中不断谱写泰达电力高质量发展新篇章。

泰达人的供水之梦

天津泰达水业有限公司

泰达水业公司伴开发区而生，因开发区而兴，从昔日盐碱荒滩到滚滚滦河水流入开发区，再到南水北调送来引江水源，从最初的趸售模式到现代化水厂的建成，再到水务一体化格局的形成，一代代的泰达水业人用汗水、智慧、无私奉献的精神与这座举世瞩目的国际化新城的发展血脉相连。

起步期的趸售水

1984年天津经济技术开发区建区伊始，周围蔓延着几十平方公里的盐碱荒滩，没有一处供水设施，淡水资源更是点滴皆无，水资源的匮乏严重影响了投资者的体验。

1985年经天津市人民政府讨论决定，开发区投资兴建了"引滦入塘"二道输水管线，由宝坻县尔王庄水库至塘沽大裂水库（北塘水库），管线全长44公里，建成后由塘沽自来水公司管理。同年10月，开发区投资兴建了第一条区内输水管线，从开发区洞庭路的四号路至第五大街，全长4公里。作为当时的唯一供水来源，每日由塘沽自来水公司向开发区提供3万吨饮用水。该工程于1986年初竣工投入使用，结束了开发区没有独立输水管线的历史，开启了开发区以趸售水方式供水的先河。

水通了，但因初期水量水压有限，导致当时泰国一家啤酒厂没能落户开发区,带着这个遗憾,1990年开发区供水第一加压站建成通水,1992年扩建后的调蓄能力每日可达4700吨,对开发区起步阶段的供水起到了重要作用。1993年第二供水加压站建成,解决了供水压力偏低的状况,提升了开发区能源保障能力。

1990年4月25日,自来水公司成立,当时只有17名员工,被水业人亲切地称为"老十七位"。

建在盐汪子旁的水厂

如果说20世纪80年代是甘霖初降后一场充满生机的万物生长,那么90年代的天津开发区,则开始真正走进规则与差异化的成长期。随着雅马哈、康师傅、摩托罗拉、雀巢、诺和诺德等大型跨国公司的进驻,对供水压力、水质、安全的要求都高于国内标准。但是塘沽水源五厂每到夏季用水高峰期,由于引滦明渠清淤或供水设施故障,时常导致开发区供水中含盐量偏高、水压偏低,这势必影响和限制开发区招商引资工作的良性发展,在"创造仿真国际投资环境"的大背景下,建设独立的供水系统对开发区可持续发展显得尤为重要。就这样,天津市重点工程、开发区基础设施建设重点项目——设计产水能力5万吨/日的净水厂一期工程于1994年5月14日动工兴建。

之所以说是建在盐汪子旁的水厂,是因为开发区选址在原塘沽盐场三分厂所在地,当时水厂周边被零散的盐汪子包围。和开发区创业艰难程度一样,水厂建设之初,条件也十分艰苦。"老十七位"回忆起来无不感慨:那时水厂周边盐池密布,白天没几个人,晚上更是空荡荡的,远处是漆黑的荒野,近处连个灯也看不见,特别是碰到刮风下雨、电闪雷鸣的晚上,那种恐怖感是现在开发区人无论如何都想象不到的。像老开发人耳熟能详的"蓝鲸商店""白云宾馆"等生活设施,主要集中在第一大街附近,坐落在十一大街的水厂周边几公里内根本没有商店和就餐场所。通往水厂的道路只做了硬化,还没有铺装柏油路面,道路坑洼不平,公交尚未开通,出行多靠步行、自行车或摩托车。

就是在这样的艰苦条件下,水厂的建设者们不计个人得失、团结一致、勇挑重担、迎难而上,仅用了18个月便完成了一期工程,并于1995年10月31日举行了竣工通水庆典。叶迪生副市长启动通水电钮。净水厂的竣工通水结束了开发区多年来由塘沽供水趸售的历史,彻底改变了开发区用户水压偏低的状况,标志着开发区供水事业迈上了一个新台阶。

与此同时,总长52公里的引滦入开源水管线工程于1995年6月28日正式建成通水。长度3.5公里的净水厂出水管线工程也于1995年6月提前竣工。从此,开发区形成了集独立水源供应、自建净水厂产水和输配水管网组成的较为完善的供水系统,泰达人终于圆了自己的供水梦。

迈向现代化的净水厂

净水厂二期工程与一期是同期设计的,一期通水后就开始满负荷运转,二期的建设已迫在眉睫。为提高产水能力,公司组织专家进行了充分论证,决定采用具有世界先进水平的得利满公司V型滤池产水工艺设计。因为当时华北地区没有水厂使用此项工艺,时任经理卢兴泉带队前往广州的法国得利满公司办事处洽谈,说服得利满公司来津实地考察,并经过多轮谈判,甚至与法国总部连线沟通,最终以低于报价32万美金的价格成功签约,1998年8月,净水厂二期工程建设开工,历时仅9个多月,就高标准完成了工程建设任务。

与一期工程相比,二期工程工艺更先进、自控程度更高,主要技术、自控设备均从法国得利满公司引进,不仅大大降低生产成本,还使产水水质进一步提高。建成通水后突破日产水7.5万吨的设计目标,实现产水量10万吨/日,大大缓解了开发区供水紧张的局面,提高了安全优质供水能力。

迈向高质量发展之路

如果说一期水厂是创业之路,二期水厂是探索之路,那么三期水厂建设则是既满足量,又满足质的发展之路。"要让泰达人喝上高品质的放心水"是水业领导那时常讲的话,也是泰达供水人孜孜不倦的追求。伴随着这些朴素的话语,2008年5月净水厂三期主体工程开工建设。2009年9月设计产水能力15万吨/日的净水厂三期工程建成通水,区域供水能力得到进一步提升。三期工程使用的向上流炭吸附脉冲澄清池和紫外线联合氯消毒技术在国内均为首次使用,混凝工艺采用聚合氯化铝和三氯化铁复合投加为华北地区首家,臭氧投加和活性炭投加工艺均处于同业领先水平,紫外线消毒工程获评"国家紫外线应用杰出工程奖",水厂三期项目获评"国家优质工程银奖"。

运行三十年来,开发区净水厂累计向管网安全输水近11亿吨,供水面积近100平方公里,自来水市政供水管网525公里,服务用户6.8万余户,真正实现了让泰达人喝上高品质放心水的愿望。

一座净水厂,30余载供水圆梦史。而今,站在回忆与展望的时光交汇点上,泰达水业将珍惜流金岁月铸就的辉煌,以使命与担当为伴,抢抓发展机遇,科学谋划未来,以科技创新、市场开拓、数字化转型为突破口,以盘活存量、培育增量、提升质量为主攻方向,以泰达四十年再出发启新程为新起点,以更大决心、更大干劲,努力推动泰达水业高质量发展,为中国式现代化建设书写更加辉煌的"泰达篇章"。

利用清洁能源　打好蓝天保卫战

天津泰达热电能源管理有限公司

早期的我们

1986年,为改善天津经济技术开发区(以下简称"开发区")投资环境,提升电力供应保障能力,开发区管委会正式批准成立开发区自备热电厂筹建处,1987年7月,天津泰达热电公司(以下简称"泰达热电")正式成立。1988年初,开发区管委会组织召开了"热电公司4×10t/h锅炉房扩初设计"审查会,标志着公司开始迈出供热工作的第一步。

为更好地对开发区集中供热进行统一规划、平衡供热负荷、保障热力供应,1993年3月,泰达热电与泰达热力合并,统筹调整区域内部热源和供热,自此,泰达热电成为全区唯一一家集中热力生产与供应的单位。

伴随着开发区的不断发展壮大,泰达热电也迅速成长,1994年合并原热力二厂与热力四厂,组成热源二厂,同年年底热源二厂一期正式投产运行,到1996年底,随着二期3×35t/h的工程竣工投产,彼时的热源二厂已成为天津市最大的集中供热单项工程。

为更好地跟上开发区快速发展的步伐,2001年我们筹备新建5号热源厂项目,2006年完成建设并投产运行,全部采用热电联产运行方式,实现全厂锅炉总装机能力615t/h,总发电能力30000kW·h。"以热送电"有效缓解了开发区用电负荷日趋紧张的状况。

随着开发区发展规模不断扩张,常住人口也不断增加,区域扩容对开发区基础设施建设提出了新的要求。为满足区域发展和居民生活的要求,在2008年完成了热源四厂3台燃煤机组的建设,2011年完成国华能源二期工程建设,至此,开发区整体供热布局初步完成。泰达热电成为区域内唯一一家热电联产的专业化能源公司,也是集热力、电力生产和销售一体的热源供应单位,为开发区提升投资环境作出贡献。

从"燃煤"到"燃气"

2013年,国家环保部、发展改革委等6部门联合印发《京津冀及周边地区落实大气污染防治行动计划实施细则》,天津市也启动了"美丽天津一号工程",明确提出燃煤供热锅炉改燃或并网的要求。泰达热电积极响应政府号召,综合研判当时各厂的热源条件及可实施情况,选定了热源二厂作为煤改燃试点。

2016年6月,"煤改燃工程"正式施工。开发区热源二厂煤改燃工程是"美丽天津一号工程"的重点项目,也是天津市2016年"四清一绿"的重点工作任务之一,同时被列入了开发区2016年"清新空气行动"方案,是开发区民心工程建设的重要内容。

作为滨海新区和开发区的首个煤改燃项目,当时计划2016年冬天投运。热源二厂克服了时间紧、任务重及夏季高温高湿等诸多不利因素,圆满完成项目建设。改造后的热源二厂,每年可实现减少燃煤消耗10万吨,减少二氧化硫排放1000吨,减少氮氧化物排放500吨,对开发区大气污染防治和环境改善发挥了重要作用。

2019年,根据泰达控股关于泰达热电和滨海能源整合的工作部署,成立了天津泰达热电能源管理有限公司(以下简称"泰达热能")。随着"绿水青山就是金山银山"的理念深入人心,泰达热能积极发展清洁替代能源,立志"要做中国城市绿色能源供热和智慧供热的创新者,做供热行业改革发展和创新经营的先行者,做优质服务和温暖万家的贡献者",在热源二厂成功改造的基础上,又先后完成了西区热源一厂、热源二厂及东区热源四厂的煤改燃工程,改造完成后,燃气锅炉装机占比57%。同时,泰达热能大力开发绿色能源,优化能源结构,推动完成地热井的开发利用,可外供约20t/h的绿色能源,实现绿色能源零的突破,真正做到为"美丽天津"守住青山绿水,为"美丽泰达"留住蓝天白云。

"生物质"能源探索

"十四五"规划时期是我国加快能源绿色低碳转型、落实应对气候变化国家自主贡献目标的攻坚期,我国可再生能源进入全新的发展阶段。泰达热能立足打造区域零碳绿色示范园、实现区域"碳中和"目标,不断调整能源结构、优化能源效率,进一步探索利用生物质替代煤炭、燃气等化石能源的可行性,计划将西区热电关停的2台锅炉改造成生物质锅炉,在降低生产成本的同时,盘活存量资产。同时,实施国华公司清洁能源替代项目,将现有的循环流化床锅炉改为专用燃烧生物质锅炉,新建3×15MW燃气轮机带三台余热锅炉。建成后,燃气用量达到全年1.25亿立方米,并计划以股份制成立新的联合体,上游是天津泰达燃气有限责任公司,下游是天津泰达电力有限公司,实施系统内部大协同,组成新的运营体,寻求新的利润增长点,不断以清洁能源赋能公司高质量发展,擦亮泰达热能绿色服务品牌。

面对新时代新使命新要求,泰达热能将深入贯彻落实习近平总书记视察天津提出的"四个善作善成"的重要要求,在发展新质生产力上勇争先、善作为,通过寻求区域外的市场合作、开拓非主营业务市场,进一步拓展对外业务,加大在智慧能源方面的探索力度,充分利用物联网、大数据、人工智能、"互联网+"等新兴信息技术手段,实现智能供热,提升锅炉设备自动化燃烧,实现供热站无人值守,从根本上降低运行人工成本,提升工作效率,全方位打造"能源管家"的服务新模式,促进公司降本增效,实现可持续发展,为泰达控股高质量发展贡献热能力量。

初心如磐卅二载　雄姿英发展宏图

天津泰达燃气有限责任公司

天津泰达燃气有限责任公司成立32年来,始终秉持着"为客户服务尽善尽美、为安全运营尽职尽责、为企业发展尽心尽力"的经营理念,致力于为广大用户提供优质安全的燃气供应和服务。在波澜壮阔的发展历程中,泰达燃气不仅见证了经开区的巨大变革,更以其卓越的技术实力、创新的管理模式和深厚的文化底蕴,在经开区的历史上留下了浓墨重彩的一笔。

初创岁月,筚路蓝缕

20世纪90年代初,天津经济技术开发区快速发展,基础设施建设如火如荼,燃气供应成为制约经开区进一步发展的重要因素。在这种情况下,泰达燃气应运而生,承载着为经开区提供稳定、高效、安全燃气供应的使命。

1991年,当第一条燃气管道穿越经开区大地,将清洁能源送进千家万户时,泰达燃气的使命便正式开启。翠园别墅区的居民们率先感受到天然气带来的便捷与温暖,他们告别烟熏火燎的煤炉,迎来清洁、高效的天然气时代。这不仅是一场生活方式的变革,更是经开区迈向现代化的重要一步。

1992年,泰达燃气公司正式成立。作为一家新生企业,泰达燃气面临着诸多挑战和困难。然而凭借"泰达"品牌的强大支撑和全体员工的共同努力,公司迅速站稳了脚跟,始终坚持"用户至上、服务第一"的宗旨,不断提升服务质量和安全运营水平,赢得广大用户的信赖和支持。

随着公司不断发展壮大,混气厂也于同年建成投产。这座现代化的混气厂采用先进的技术和设备,实现了经开区燃气供应的自主管理,不仅提高了燃气供应的稳定性和可靠性,也为区域经济腾飞注入了强劲动力。

跨越发展,勇攀高峰

进入21世纪,泰达燃气公司紧跟时代步伐,不断拓展业务领域,提升服务水平。2002年,经开区门站的建成投运,标志着公司燃气供应能力的进一步提升,这座门站采用了先进的自动化控制系统和安全监测设备,确保了燃气供应的安全可靠和高效稳定。

2006年,泰达燃气又迎来一次重大突破,世界领先的天然气储配站竣工运行。这座储配站采用了大容积高压气地下储气井技术,开创了行业先河。它的建成投运不仅为经开区提供了更加充足的燃气储备和供应保障,也为公司长远发展奠定了坚实基础。

2016年,一汽大众华北生产基地在宁河启动建设,泰达燃气承担该区域的天然气供应任务,在施工条件恶劣、环境艰苦的情况下,项目管理和运营团队克服重重困难,确保了1号高中压调压站及时完工投运。2017年,公司启动了煤改燃项目,这是一个具有里程碑意义的项目,标志着公司向清洁能源转型迈出了坚实步伐。

混改破局,再创辉煌

在"泰达"品牌的依托下,泰达燃气经过多年发展,已经成为泰达控股旗下优质的燃气供应品牌企业。但长期以来,"趸售供气"形式是抑制泰达燃气发展的瓶颈因素,特别是随着"煤改燃"项目的推进,天然气行业改革深入,天然气销售终端市场竞争日趋激烈,趸售形式的利润空间受到挤压,毛利日渐微薄,冬季甚至出现购销倒挂现象,这对于泰达燃气来说是一个严峻考验。

面对这一困境,泰达燃气主动出击,寻找转机。2016年9月,在经开区管委会和泰达控股的指导和帮助下,泰达燃气与天津中石油压缩天然气有限公司签订项目合作框架协议,缓解了公司部分气源压力。2019年,泰达燃气正式启动混合所有制改革工作,目标是通过引入战略投资者,实现公司转型升级。经过精心筹备和不懈努力,中石油昆仑燃气有限公司成为公司新股东。这次混改不仅为公司注入了新的活力,更为公司未来发展提供了广阔空间。借助新股东的天然气气源资源优势,泰达燃气成功破局趸售供气形式,拓展了新的业务领域和市场空间。

展望未来,砥砺前行

近年来,泰达燃气充分利用自身优势,积极对标行业先进企业,大力引进先进的技术和管理经验,以打造"规模合理,结构优化,活力迸发,质量优良,幸福和谐"的现代化企业为目标,深化改革,大胆创新,不断提升自身竞争力和影响力。

2024年是泰达控股成立40周年,是泰达燃气成立32周年,也是泰达燃气混合所有制改革的第五个年头。泰达燃气将认真贯彻落实习近平总书记视察天津重要讲话精神,锚定塑造"泰达燃气"品牌目标不动摇,以更加坚定的信心、更加务实的作风,着力加强市场拓展,加快推动民生保障工程建设,持续提升服务水平,保障供气可靠性、安全性,为促进区域经济社会发展提供坚实的能源保障,共同书写泰达控股高质量发展新的华章!

双城花开　大道同行

天津泰达绿化科技集团股份有限公司

天津经济技术开发区建在盐田之上，建区伊始，面临着两大难题，一个是地基软，不易建高楼，另一个是土壤盐渍化严重，这里曾被国内外专家视为"绿色植物禁区"。然而就是这样的"世纪难题"，在几代泰达绿化人的不懈努力、持续攻关下得到了有效解决，昔日盐碱荒滩已然"脱胎换骨"，完美蜕变成绿树成荫、花团锦簇的园林之城。

泰达绿化作为开发区绿色生态奇迹的缔造者，其创新研发的盐碱地治理技术，不仅在开发区、滨海新区得到了实践，更推广应用到辽宁、河北、山东、江苏、内蒙古、新疆等多个盐碱地地区，泰达绿化已发展成为国内享有盛誉的"盐碱地绿化专家"，一批批优秀的园林绿化作品在这些盐碱地上诞生。泰丰公园、双城绿廊、临港经济区生态湿地公园、生态城南湾公园、唐山唐海湿地公园、东营市银河公园、连云港新丝路公园、新疆库尔勒人民公园……这些公园绿地都成了当地的标杆绿化项目，倾注了泰达绿化人的辛勤汗水。

在诸多项目中，印象最深刻的当属天津大道绿化项目。2008年10月，天津市政府决定建设天津大道，它是海河以南连接天津市区与滨海新区的一条快速通道，从建设之初就受到了市委主要领导的高度关注，提出了"外地人来天津看道路就看天津大道，看绿化就看天津大道绿化"的总要求，并致力于将天津大道绿化建成全市道路绿化的标杆。因此，天津大道绿化设计方案采用全球竞标的方式,吸引了11家来自各地的甲级景观设计公司的积极参与。当时泰达绿化所属泰达园林设计院虽然只有二十余人,但对于"家门口"的大项目、好项目,泰达绿化怎么能缺席?

泰达绿化深知方案中标与否,关键在于发挥泰达绿化盐碱地综合治理技术和全产业链优势,创新创造出一套契合天津大道定位、体现天津特色、有效落地的方案。

考虑到天津大道不同于一般的城市道路,它是一条快速路,服务的对象是司乘人员,所以景观必须是大尺度、大色块、大层次。另外,天津大道从外环线到响螺湾,沿线土壤均有不同程度的盐碱化,正好可以发挥盐碱地绿化的技术优势,在盐碱地改良上实现技术创新。

设计理念再新颖,落不了地都是"镜中月""水中花"。开工伊始,设计师克服了道路与绿化同步施工、现场无路可走的困难,在将近10天的时间里,几乎用脚步丈量完沿线36.2公里,并根据每个区域不同的地貌及外部环境,有针对性地设计出不同的景观空间。从外环线到响螺湾沿线,土壤盐碱化程度变化大,泰达绿化在沿线取了数百个土样,进行了详尽的化验分析,全面掌握了地貌、土质、水文等状况,并充分利用这些原始资料制定了不同的盐碱地技术方案,极大地节约了工程造价。

经过近一个月的高强度工作,泰达园林设计院的设计方案一举夺魁。现在回想起来中标之事,既在意料之外又在情理之中,泰达绿化是参与竞标的设计机构中规模最小的,但因全力以赴、全情投入喜获青睐,"花落吾家"。

犹记专家在评审泰达园林设计院的方案时指出,该方案是用脚步丈量土地,因地制宜、设计新颖,是真正在大地上绘制设计图,具有极强的可操作性,时隔这么久,泰达绿化想到此情此景仍心情澎湃、热泪盈眶。

设计方案中标后,通过了主管市领导组织的方案评审会和市委常委会会议,得到了当时天津市四套班子的高度认可。如此高规格地评审一个单项绿化工程项目,在天津绿化建设史上绝无仅有。

为了确保建成效果,泰达绿化又承担了天津大道绿化项目的监理工作。秉持高标准完成监理任务的目标,泰达绿化一共筹建了七个监理小组,全部由设计、工程管理、监理、养护管理四个方面人员组成,团队成员各负其责、互相配合,充分发挥协作精神。

天津大道沿线36.2公里,战线长、道路与绿化同步施工,监理工作异常艰苦,吃住都在临时搭建的帐篷里,检查工地只能靠徒步,没有奉献精神和工匠精神是坚持不下来的。2009年的冬天是少见的严寒天气,白天气温尚可,但晚上那种刺骨的冷至今让人记忆犹新。由于时间紧、任务重,经常需要通宵施工,只要工程不停,监理人员就不休息。当时为了做出一个中央分隔带的示范段,项劲松、张帮明等几位设计人员连续干了三天三夜,终于在市领导视察前完成了这个几乎无法完成的任务。

天津大道绿化完成后,显著效果得到了市领导及社会各界的广泛好评,时任天津市委书记张高丽同志评价其为体现天津水平的绿化工程。

天津大道绿化获得了多个行业奖项,获评天津市城市园林绿化优质工程一等奖、天津市海河杯勘察设计一等奖,还荣获了中国人居环境范例奖等。天津大道绿化工程之所以能成功,关键在于泰达绿化传承了"开放、开拓,励精图大业;求新、求实,众志建新城"的泰达精神,践行了泰达绿化"把不可能变可能"的企业精神。

自成立至今,泰达绿化始终紧跟时代步伐和国家政策,立足美丽中国和生态文明建设的发展战略导向,坚持把科技创新作为企业发展的基本遵循,把土壤修复、高标准农田改造与建设、荒漠化治理、林下经济、中草药种植、乡村振兴等作为新型业务拓展的发力点,推进科研攻关,开拓创新,有序实施了一大批生态修复、乡村振兴、国土绿化项目,构筑绿色发展底色,着力提升了区域生态功能,在建设美丽中国的时代重任中展现国企担当与作为。

进入新时代,泰达绿化将继续发挥盐碱地绿化的技术优势,在"三量""三新"工作中争做泰达控股系统排头兵,书写技术创新、成果转化、产业繁荣的协同发展新篇章。

彩桥架南北　虹飞跃两岸

天津泰达市政有限公司

　　28年前的天津经济开发区,刚经历了摸着石头过河、上下求索的起步期,正在通过打造"九通一平"的国际营商环境来吸引高水平、高质量的外资项目,同时区域发展也计划向北辐射至汉沽化工区,兼顾把开发区和北塘、汉沽联结起来。当时开发区外围公路网还不健全,南北方向公路干线等级低、路线少,尤其通往东北方向的205国道,面临的交通压力非常大,车辆在永定新河大铁桥长时间等候通行已是常态。在此背景下,总投资达3.4亿元、天津市1996年55项重点工程和20件实事之一、全市重点科研项目的彩虹大桥工程应运而生。

　　承建跨河桥梁,对当时的开发区和市政公司来说都是第一次,毫无经验可以借鉴。由于候选桥址处的水文地质和气候条件相当复杂,施工极易受潮汐和流冰期影响,加之孔跨、净高还要考虑水面通航,客观条件制约很大,大家各抒己见、建言献策。"这个项目涉及全市的规划,不能只从方便施工考虑,我们要做的是找到最优解!"项目组与设计单位反复推敲,频繁与市建委、市交委、塘沽交通局、北塘港等部门沟通交流,最终市建委确定了桥位方案,就是现在彩虹大桥的位置。

　　桥位确定后,综合考虑工期、成本、景观等多方面因素,决定采用国内首创的三孔168米下承式系杆钢管混凝土的桥式。28年过去了,这座桥依然

"时髦",作为滨海新区的"网红打卡地",不仅为游客带去了七彩风光,也让两岸居民感受到希望和奋进的力量,特别是夜晚行驶在七彩灯光亮起的大桥上,心中总会洋溢着浓浓的幸福感和归属感。

作为市政公司首个实行项目经理负责制的工程,彩虹大桥项目组成员平均年龄不到30岁。刚开始面临的就是拆迁任务,项目组成员深入北塘镇的每家每户宣传政策、分析利弊,确保思想工作到位见效。后续项目组和设计施工队同吃同住在临时搭建的水泥板房内,附近地势低洼、杂草丛生,夏天蚊子成群,冬天北风凛冽,但谁都没有怨言,晚上睡不着觉时就听他们讲述老泰达人在浸着一尺多深盐水的盐碱荒滩上开疆拓土、犁地开荒的故事。创业者们的扎根精神、拓荒精神和坚强如铁的意志深深地感染了每一个成员,大家都激情满怀、倍感光荣。一生能有几次机会遇到这样重要的时刻,更何况是在盐碱地上修建一座史无前例的跨河大桥。所有人都攒着一股劲,一定要把工作干好!

当时,不仅要经受艰苦环境的磨砺与考验,更要攻克一个又一个技术难关。第一个难题是潮汐,潮水每天涨落间隔11个小时,最大潮汐差达4.5米。项目组会同施工单位创造性地利用护筒作固定平台,保证了钻孔桩的施工精度和质量。第二个难题是桥址处于流动状态软土地基上,刚挖好的空间很快就会被软泥填平。因此,项目组采用钢板桩围堰,同时利用新工艺解决了冬季大体积混凝土浇筑容易产生裂缝和整体破碎的质量隐患,保证了水中桥墩承台的施工进度和质量。最为关键的难题是解决水中三孔钢管拱的架设。项目组充分考虑地理位置、温度、风荷载等多种因素,对架设流程、安装控制进行反复研究、精准论证,最终通过自行设计的高86米、跨度605米的大型缆索吊机顺利架设成功,这一安装方法和工艺在当时具有很大的业内借鉴意义。

在泰达精神的鼓舞下,在全体人员的不懈努力下,1998年金秋,横跃在永定新河悠悠水波之上，紧密连接塘沽、开发区、保税区和汉沽的彩虹大桥正式建成通车。该工程项目被建设部和天津市授予优秀设计奖，同时被天津市授予科技进步奖。

"聚是一团火，散是满天星。"项目竣工后，项目组成员各自带着成功的收获和新的使命奔赴新的工作岗位，逐渐成长为骨干，带了徒弟，接手了新的项目，并在多个不同的场合，作为"过来人"把往昔珍贵的奋斗故事分享给年轻人。

四十载风雨起苍黄。区域开发以波澜壮阔之势，为开发区周边带来了翻天覆地的变化，市政业务也覆盖至"一区十园"，市政公司更加注重在日常养管工作中精益求精，在急难险重时勇于冲锋。夏雨冬雪的防汛除雪战线上践行"雨停街净""雪停路通"；泰达艺术季、"泰达马拉松"、"创文创卫"协同中胸怀赤子之心，与辖区居民守望相助……正如这见证区域发展的彩虹大桥，一身钢筋铁骨，蕴含着巨大的力量，守护着宜居宜业的"幸福泰达"。这力量是改造盐滩的扎根精神，是逢山开路、遇水架桥的拓荒精神，是"招之即来，来之能战，战之必胜"的市政"铁军"精神，是协同创新的泰达精神。

与时代同行何其有幸。莫道雄关坚如铁，重整行装再出发！一代人有一代人的担当，赓续着拓荒者们开疆拓土、攻坚克难的血脉传承基因，新征程上的泰达市政人必将以"二次创业"的奋进姿态开好"逆风船"、啃下"硬骨头"，奋勇前行、建功立业，为"泰达精神"谱写更加壮美的新时代华章，迎来风雨之后最绚丽的"彩虹"！

流动的"滨城名片"

天津滨海新区公共交通集团有限公司

每一次出发都是对追梦者的助力,每一次停靠都是对归家人的守护。短短车厢,见证城市繁荣发展;点滴服务,情系百姓安危冷暖。滨海公交,以这片土地为自己命名,与整座城市相守同行!

1952年,塘沽第一条公共汽车线路通车,起点三块板,终点塘沽火车站,结束了塘沽区无公共交通的历史。如今,滨海公交101路行驶在曾经的路线上,串联起城市的日新月异,也珍藏着滨海市民的共同记忆。2010年整合成立的滨海公交,正承载滨城市民的期待,朝着"百姓满意、政府放心、员工幸福、行业榜样"企业目标阔步前行。公司坚持把"公益性+市场化"经营方向,以经营城市公共交通客运为主,深耕班车客运、汽车租赁、汽车维修、汽车燃料销售等多元产业领域。每天,滨海公交有1100部车辆穿梭于滨城和津城(滨海新区和市区),141条公交线路、68条通勤班线、48条定制线路和旅游专线,实现对滨海新区的全覆盖和"津滨"双城间多点联接,公交线路长度3644.2公里,年运送乘客近6000万人次。

擦亮"绿色名片",引领绿色出行新风尚。滨海新区的公交事业从4部烧炭小型公共汽车起航,数量的指数型增长、车型的更新换代,见证了时代的进步。如今,新能源车辆和LNG等清洁能源车辆在滨海公交总车数占比达到90%,100部醇氢电动公交车辆成为全球首发,让滨城率先步入"绿色公交"时代。暖阳色的车身洋溢着热情与活力,现代化的车型营造着温馨和舒适,市民出行更加安静惬意,绿色低碳在滨城大地蔚然成风。

焕新"智慧名片",迎接数字时代新机遇。依托大数据和人工智能,城市公交信息化与智能化建设实现大跨越。滨海公交已经具备三级平台智能调度管理功能,监控中心"一网观天下",实时查询全线车辆运行位置。率先在行业内全面推行移动支付,组织开发的"滨城通"App集成了预约定制公交、线上付费等多重功能,"车来了"查询功能精确预知和规划乘车线路(合作),市民群众"一机在手,出行无忧",轻松避免"乘车焦虑"。小小的公交车,正在成为数字城市的缩影。

打造"安全名片",搭建安全运营新模式。作为天津市首家取得国家安全生产标准化建设一级资质的交通运输企业,滨海公交始终把"安全第一、预防为主、综合治理"牢记于心。驾驶员均通过理论考试、技能操作、体能测试层层考验,定期参加安全技能培训、安全应急演练。智能安全管控平台成为车辆标配,所有运营车辆加装车载终端定位设备,率先投用危险品检测、防疲劳驾驶、防碰撞预警、盲区预警、火险喷淋、360电子后视镜等主动安全车载智能设备,在"人机互动"中实现无微不至的保驾护航。

传递"人文名片",彰显幸福滨城新底蕴。以人民为中心的发展理念,始终根植于每个滨海公交人的内心。在这里,更好地满足市民需求的公交服务、更好地促进职工成长发展的企业文化,塑造出了一支团结奋进、锐意进取的职工团队,打造了服务好、口碑优的公交品牌,彰显了弘扬主旋律、传递正能量的社会责任。近年来,滨海公交先后培育出10名市级劳动模范和多条优质线路,被授予中道协"百强诚信企业"、滨海新区"最具社会责任感企业"。岁月流转间,滨海公交已经与城市精神融为一体,成为美丽滨城的一抹靓丽底色。

高擎"红色名片",书写党建引领新篇章。公交人始终秉承国有企业"姓党为民"的政治本色,坚持围绕中心、服务大局,通过落实"三重一大"决策程序、创建"一支部一品牌"活动、特色主题党日活动等,党的领导核心作用有效发挥,党建经营融合更加紧密,基层党建工作更具特色,战斗堡垒持续夯实,党员先锋模范作用充分涌流,实现了安全、服务、经营三大模块整体提升,以党建领航企业治理能力现代化的新跨越。

公交,是城市跳动的脉搏,更是一座城市涌动的温情。滨海公交人倾尽所有,坚持做让政府满意、百姓放心的"城市摆渡人",精诚守护这片开发开放的热土。滨海公交将与您一路同行,以实际行动扛牢使命担当,为提升市民幸福指数、建设"四宜"美丽"滨城"再启新程!

夯实区域污水处理　营造碧水蓝天滨城

天津泰达威立雅水务有限公司

恰同学少年,风华正茂。一批怀揣报效祖国、干事创业的年轻人来到天津经济技术开发区工作,立下"开放、开拓,励精图大业;求新、求实,众志建新城"的铮铮誓言。时间转瞬即逝,在泰达控股成立40周年之际,天津泰达威立雅水务有限公司(以下简称"泰达威立雅")全体员工都沉浸在这份喜悦之中,同时回忆起这些年污水处理厂成长、发展过程中的二三事。

解放思想,迎难而上

1999年12月,开发区第一污水处理厂(泰达威立雅前身)建成并投入运营,总投资1.7亿元,服务面积22平方公里,这是当时开发区第一且唯一的污水处理项目,承担着开发区十二大街、东海路、四号路、渤海路围成区域所排放生活污水和生产废水处理的艰巨任务。俗话说,万事开头难,一切都要从头做起,一切都必须去闯、去试,当然,一切也充满发展希望。

调试初期,由于上游污水氯化物含量极高,耐高盐活性污泥培养难度极大,又赶上冬季水温低等诸多不利条件,为保障各项工作任务按时按质完成,污水处理厂迅速联系有关方面合作,聘请全国污水处理行业专家担任技术顾问,采取了多种措施培养活性污泥并提高活性污泥去除率,生产一线员工抢时间赶进度、管理团队找差距补短板,每个人都在用尽全力保障出水达标排放任务的完成。

彼时,开发区与塘沽、天津市区之间没有便利的通勤交通,错过仅有的班车已是工作的常态。但即使冬日寒风瑟瑟,这群可爱的"泰达人"也会在席地而卧后,精神百倍地再次投入工作。在泰达控股(原开发区总公司)的坚强指导下,污水处理厂领导班子带领全厂干部职工抢时间、争速度,仅用很短的时间,就完成了污水处理厂工艺调试工作。

一心一意促发展,积极主动讲作为。2000年,开发区第一污水处理厂被开发区管委会评为"环境保护优秀单位",2005年,时任国务院总理温家宝视察了污水处理厂。

发展壮大,强强联合

为更好地为开发区投资环境提供更加强有力的支持和保障,2007年7月,由天津泰达投资控股有限公司与法国通用-威立雅水务集团分别持股51%与49%的合资公司——天津泰达威立雅水务有限公司成立,经天津经济技术开发区管委会公用事业局(现为天津经济技术开发区建设和交通局)授权,负责开发区第一污水处理厂及其附属设施、海晶东雨污水泵站、开发区电镀废水处理中心及净水厂污泥处置设施的运营、维护保养及经营。

合资公司成立初期,当时的领导班子经过认真、深入的调查研究,主动提出"完善内部管理、调度运行模式、加强成本核算"的工作思路,及时统一思想,振奋干群精神,理顺公司管理。瞄着这个发展思路,泰达威立雅历任领导班子棒棒接力、笃定前行。

通过不懈努力,泰达威立雅获评中国城镇供水排水协会"全国城镇污水处理厂节能减排绩效考核达标竞赛"十佳达标单位,多次获评开发区管委会"环境保护工作优秀企业"、泰达控股"安全生产先进单位"等荣誉,公司的"完善受限空间的安全管理"项目也获得了威立雅系统"2016年度亚太区最佳安全实践金奖"。

提标改造,砥砺前行

为响应国家节能减排政策,进一步改善滨海新区乃至整个环渤海地区水环境,不断提升滨海新区投资环境,开发区管委会分别于2009年投资9000万元、2017年投资8500万元对开发区第一污水处理厂污水处理工艺系统进行"升级改造"和"提标改造",累计投资3.45亿元。

随着2017年5月4日开发区发展和改革局的立项批复,开发区第一污水处理厂提标改造工程正式拉开序幕。2019年5月,"提标改造工程"如期建成并开始调试运行,工程新建1座反硝化滤池、1座臭氧催化氧化接触池,配套新建1座罗茨鼓风机房、1座变配电间、1座臭氧发生间和1座液氧站,出水执行天津市《城镇污水处理厂污染物排放标准》(DB12/599–2015)A标准。

滴水穿石,唯恒者胜。从1999年日污水处理量仅4万立方米的污水处理厂,到2023年日处理量增长至接近满负荷的泰达威立雅,充分体现出公司多年来抓管理、促提升的显著成果。作为一家专业污水处理企业,24年来,泰达威立雅始终把保障开发区企业居民生产生活环境作为头等大事,真抓实干、开拓进取,污水处理总量累计约6.82亿立方米,污染物去除量累积约32.93万吨,为区域污染物减排和守护天津市碧水蓝天做出了突出贡献。

下一步,泰达威立雅将继续坚持以习近平新时代中国特色社会主义思想为指导,认真学习贯彻习近平总书记视察天津重要讲话精神,不忘初心、砥砺前行,树牢"绿水青山就是金山银山"的生态文明理念,聚焦"三量""四有""五管"工作要求,争做环境保护的传播者、践行者、推动者,坚定信心决心、传承泰达精神,为泰达控股高质量发展贡献力量。

为了谆谆的嘱托

中非泰达投资股份有限公司

"从渤海湾畔到红海之滨，我们以青春丈量一万五千里的事业长征……"写在内部手册扉页的这句话，揭开了"泰达人"在异国他乡复制中国产业新城的传奇历程。从诞生的那一天起，中埃·泰达苏伊士经贸合作区（以下简称"泰达合作区"）就在两国政府的关切中成长，来自中埃国家领导人的谆谆嘱托，既是泰达肩上的压力，也是泰达合作区发展的动力，更锤炼着泰达人的能力。

为了谆谆的嘱托，成为戈壁滩的垦荒人

25年前，中国提出"走出去"战略，积极鼓励和支持有条件的企业"走出去"，更多更好地利用国外资源和国际市场。时任埃及总统穆巴拉克访华，专程前往天津经济技术开发区参观考察，并表示开发区能参与苏伊士特区建设是埃及的荣耀，从此拉开了两国共同推进泰达合作区建设的帷幕。

2008年，泰达控股与中非发展基金有限公司共同组建中非泰达投资股份有限公司（简称"中非泰达"），在中标商务部第二批国家级境外经贸合作区后，开始全面主导合作区的开发建设和招商运营。

建设之初的苏伊士现场，举目皆是寸草不生的黄沙戈壁，这里就是第一批到埃及的泰达人将要工作和生活的地方。他们用推土机推出一条路，盖

了一座临时房屋作为现场办公地点,在这张黄沙化成的白纸上,绘制苏伊士经济特区的宏伟蓝图。

为了谆谆的嘱托,红海岸边崛起泰达新城

时间回到2008年10月,中非泰达派往埃及的第一批常驻员工刚到泰达合作区一个月,就接到了重要任务:根据上级要求,作为中埃经贸合作的重点项目,泰达合作区要在2009年温家宝总理访埃期间完成形象进度,以崭新的面貌接受检验。

只有4人(3名中方员工、1名埃及员工)的项目管理团队,要完成7万平方米同时开工的建筑体量和6万平方米的基础设施和景观体量的前期设计、竞标招标、工程实施、后期装修等一系列体量大、难度高的任务,且留给泰达人的时间,只有一年!

为了赶在2009年10月之前完成工程建设,3名中方员工在夏季地面温度接近50摄氏度的情况下穿梭于建筑工地,日复一日以最高标准监督着泰达合作区建设工程进展和质量。因为长时间暴晒,摘下遮挡阳光的墨镜后,一个个都成了大黑脸白眼圈的"另类熊猫"。

2009年8月,工程进入攻坚阶段,正值埃及斋月时间,穆斯林每天从日出到日落禁止饮食,工作时间也相应缩短,但泰达合作区的工程进度不能耽误。管理团队安排施工方两班倒赶工期,3名中方员工披星戴月超负荷工作持续了一个半月。赶在揭牌的前一天晚上,写字楼的最后一块玻璃安然上墙。

2009年11月,时任中国总理温家宝和时任埃及总理纳齐夫正式给泰达合作区授牌,这是泰达合作区历史上首次由中埃两国领导人共同揭牌,标志着泰达合作区在基础设施建设、园区招商运营等方面取得了阶段性的成果,得到了中埃双方领导人的认可。

一年的时间,3栋厂房、1栋8层的写字楼、1栋8层的四星级酒店、两栋白领公寓,加上周围配套基础设施、景观、绿化等全部完成。中国速度、泰达精神,高度的使命感和责任感,铸就了泰达合作区的工程奇迹,从此红海岸边崛起了一座泰达城。

为了谆谆的嘱托,让"中国技术"推动埃及制造业发展

与埃及实现产能合作、互补发展是"一带一路"建设中所提倡的共建原则的集中体现。泰达合作区大力引进的中资企业中有相当一部分是埃及工业发展的龙头企业,如巨石埃及公司的玻璃纤维、丰尚集团的生产粮食仓储钢板和饲料机械设备的生产线、西电公司的高低压电器、宏华公司的石油钻井设备等都是填补埃及产业空白的重要企业。它们依托自身核心技术与产品,在埃及设立生产制造中心,布局和完善产业链,提升埃及本地制造业水平,并辐射中东和欧美等地区。

以巨石埃及公司为例,该公司目前拥有2000多名员工,本土化率超过98%。最新投产的年产12万吨玻纤池窑拉丝生产线创新应用超大型池窑、智能制造、绿色制造等先进生产技术,使巨石埃及总产量达到32万吨,让埃及成为世界第四大玻纤生产国,带动周边地区上下游产业链蓬勃发展,为埃及经济发展做出突出贡献。然而,彼时这样一个重点项目的引进可谓一波三折。

巨石项目是能源密集型项目,其生产需要大量的水、电、天然气。仅电这一项,在项目第一期就需要15兆瓦,但项目启动之初就遇到了埃方只能提供8兆瓦电的难题,背后既有埃方政府的因素,也有电力供应紧张的现实问题。

当时埃及中央政府正处于过渡期间,临时政府正在将权力移交给新选出的政府,大量工作停滞,一切都是未知数。泰达合作区工作人员找遍了埃

及所有厅局级部门,均得不到明确答复,一晃小半年时间过去,巨石项目用电问题迟迟得不到解决,项目就这样被搁置了。本着高度负责的精神,泰达合作区向驻埃及大使馆寻求帮助,在大使馆的大力协调与支持下,终于在临时政府正式关闭的前一天,把巨石用电问题层层报至时任埃及临时内阁总理詹祖里的案前。

2013年6月30日下午,临时内阁总理接见了泰达合作区工作人员,他表示,"我在任职期间做的最后一件有意义的事,就是把能源保证送给了中国企业!"临时总理通过了巨石埃及项目一期的用电需求申请,保证了巨石埃及项目顺利点火生产,开启了中埃在玻璃纤维复合材料领域产能合作的序幕。

随着"一带一路"建设不断深入,埃方看到了中资企业切实带动当地发展的突出成果,认识到了中埃产能合作的重要意义,而泰达合作区更被埃及政府视为承载中埃合作、推动埃及制造业发展的"中埃合作之城"。

为了谆谆的嘱托,助力"一带一路"梦想照进现实

2016年1月21日,习近平主席在访问埃及期间,与塞西总统共同为泰达合作区扩展区项目揭牌。这是泰达合作区历史上第二次由两国领导人共同为其揭牌,也是中国境外经贸合作区唯一享受如此殊荣的合作区。从最初的戈壁滩到如今的一片人造绿洲,泰达合作区已然成为一座拥有工厂、酒店、游乐园等现代化设施、集合现代化工业、商业、服务业的小型"城市",成为推动埃及经济增长和社会发展的创新型平台,同时持续助力中资企业走向海外。

目前,泰达合作区已经成为共建"一带一路"框架下中外经贸合作区的范例,泰达在埃及的经验已经在中信缅甸皎漂项目、肯尼亚蒙巴萨自贸区项目、吉布提国际自贸区项目、刚果(布)黑角市政道路项目和加纳库玛西市政道路项目等得到应用,帮助这些园区与当地政府更好地交流合作。

2021年,中非泰达成为亚信实业家委员会产业园区板块成员单位,将持续推动中国与亚非各国产业园区合作机制建设、资源联动,分享十余年海外产业园区开发运营经验,助推中国海外产业园区行业发展,推动"中国模式"走出去,助力中国"一带一路"建设。

长风万里启新程,高质量共建"一带一路"新阶段已开启。在泰达控股走过40年历程、启新程开新局、奋进正当时的进取时刻,中非泰达将全力落实国家领导人的谆谆嘱托,围绕"三量""三新"开新局应变局,进一步增强责任感、使命感、紧迫感,全力将泰达合作区建成新时代天津对外开放桥头堡,打造"一带一路"新标杆。

与洪水搏斗 与时间赛跑

天津市水利工程集团有限公司

2023年汛期,海河发生"23·7"流域性特大洪水,北京与河北上游洪水来袭,形势之艰巨历史罕见。作为天津市防汛抢险应急保障骨干队伍,天津泰达投资控股有限公司(简称"泰达控股")所属天津市水利工程集团有限公司(以下简称"水利集团")第一时间迅速行动,以"分秒必争"的坚定信念和勇毅无畏的过硬作风切实扛牢使命责任、展现国企担当。

接到抢险任务后,水利集团全力落实上级部署要求,迅速启动防汛抢险应急机制,组建了以党员为骨干的200余人抢险突击队,紧急从市内各项目集结挖掘机、装载机、运行车、推土机等设备千余台,加入全市可调用大型机械设备驰援静海区台头镇的队伍中。在市领导的指挥下,水利集团配合静海、北辰、西青各区政府及水务部门,组建了8支抢险突击队,在子牙河、大清河、北运河沿线同时作业。犹记接到三天内完成大清河、子牙河沿线河堤加高任务指令的那天,已是下午5点,之后水利人的电话就未曾断过。洪水不等人,人员分配、机械组织、土源、运输路线设计等所有关键环节,都必须在最短的时间内调配。经过几个小时的紧急准备,当晚十一点半,开工条件初步具备。

当时的水位已经到达老堤的堤顶,水利人采取交替作业——人歇机械不歇的方式跟洪水赛跑,经过三天三夜的接续奋战完成了河堤加固的紧急抢险任务。但是随着水位的不断上涨,市防汛指挥部要求15.8公里长的右堤(全线最长的一段)必须在3天内再次加高。形势异常严峻,几天来还没睡过一个囫囵觉的水利人抖擞精神又全情投入下一场战斗中。又是一个三天三夜的不眠不休,水利人一鼓作气完成了加高任务。

完成了前面两项艰巨的任务,时间来到了2023年8月10日夜间,这是防汛中最为凶险紧迫的一场战役。随着大清河苗头排干水位不断上升,4.3公里老堤的加固任务再次交到了水利人手中。由于上游河北省文安县滩里干渠决口,洪水向静海境内急速分泄。一天之内部分农田被淹,直接阻挡洪流的4.3公里苗头排干西堤成为天津防汛抗洪最为险要之地,一旦失守,静海清南地区20多个村庄将化为汪洋,经济损失难以估量。关键时刻,水利集团发挥专业优势,在现场与专家团队紧急会商,决定将其中尤为脆弱的2.6公里堤坝,从5米拓宽到10米至13米,加宽的戗堤给老堤以强有力的支撑。

苗头排干渠西侧老堤,主要由当年挖渠的泥土筑成。当时水位上升速度非常快,一天时间就上涨到5米高程,原堆土形成的土堤堤身多处发生管涌,随时面临溃坝的风险。经过周密计算,留给施工的时间最多只有一天半。守不住苗头排干则前功尽弃,这是一场没有任何退路的决战。水利集团汇合了所属10个分公司的全部员工,把所有人员力量集结到了一线。当晚,洪水即将涨到5.9米左右时,强降雨又不期而至,上游洪水叠加雨水,脚下的土地变成了烂泥,形势更加危急。毫不夸张地说,水利人是冒着生命危险坚守在一线。那一晚,全体干部职工雨中接力,累了就在大堤的帐篷里打个盹,醒了继续投身防汛任务中。许多同志十多天连续疲劳作战,很多人甚至晒褪了一层皮,但是军令如山,作为新时代的水利人,守护的是父老乡亲的岁月静好,是万亩良田的安然无恙。经过一夜的不间断奋战,成功开辟出3条800米的行车路,固堤的物料可以从静霸线穿过田地顺利运到苗头排干渠畔。

转天上午天气转晴,但却是烈日当头,水利人又马不停蹄地全面展开大堤加固工程,打开5个作业口,分段同时施工,上百台大型机械在河道两岸隆隆作响。坚守在一线的水利人挥汗如雨地工作,有的累倒了,有的身上湿疹起了一层又一层,但没有一个人退缩。36个小时的坚守,固堤任务终于圆满完成,静海守住了!此时洪水高程已经达到6.2米,而当时台头镇政府的地面高程约3米,如果没有挡住洪水,整个台头镇将淹没在3米深的洪流中。

在历时半个多月的抗洪抢险任务中,国务院副总理张国清受习近平总书记委托亲临防汛一线,市领导、市国资委党委、泰达控股党委、泰达实业党委等领导始终对现场态势高度关注,多次到抗洪抢险一线指挥,帮助水利集团协调力量、解决困难,给了水利人巨大的鼓舞和信心。防汛期间水利集团共出动1.2万人次,挖掘机、推土机等大型装备1万台次,先后完成子牙河静海段、大清河右堤段、子牙河西青段和北运河北辰段的抗洪抢险任务,用敢打敢拼的泰达精神筑牢了人民群众的生命安全防线。

经此一役,水利集团充分得到了社会各界的认可,品牌美誉度大幅提升。同时鉴于防汛期间的突出表现,先后累计中标了蓟运河河口泵站等合计27亿元的灾后重建项目,项目的落地充分体现了市水务局及各级政府的支持和认可,也将进一步夯实企业高质量发展的基础。

下一步,水利集团将以实际行动深入贯彻落实习近平总书记视察天津重要讲话精神,紧紧围绕"四个善作善成"重要要求,在"三量""三新"工作中争做排头兵,推动灾后重建项目高质量履约,加快市场化业务拓展,全力开创水利集团高质量发展新局面,用优异的成绩为泰达控股成立40周年增光添彩!

服务产业调整　助力国资发展

天津渤海国有资产经营管理有限公司

　　加快产业结构优化升级,促进新旧动能接续转换,是高质量发展的题中之义。为促进天津市工业产业结构及企业结构调整,优化城市资源布局,2001年,一场旨在重塑天津工业版图的战略行动悄然启动,企业纷纷响应号召,踏上了向以天津开发区、保税区为核心的滨海新区的东移之路。这一战略不仅融合了技术改造、改革改制与招商引资的多元力量,更以高新技术为翼,助力传统产业涅槃重生,绘就天津工业布局的新篇章。

渤海国资:东移浪潮中的稳健舵手

　　随着工业东移战略的深入实施,2008年5月,天津渤海国有资产经营管理有限公司(以下简称"渤海国资")正式注册成立,公司承载着盘活东移搬迁企业及困境企业土地、为企业发展提供资金的重任,更肩负着优化国有经济布局、推动国有资产保值增值的光荣使命。自成立之初,渤海国资便定位为国有企业调整重组与重大项目投融资平台,致力于通过资本运营、激活存量资产、优化资源配置,加速工业东移步伐,为天津重点国有企业的进一步发展注入强劲动力。

　　2008年10月,经过第16次市长办公会研究明确了渤海国资的任务目标和职能定位,会议要求公司通过有效运行,确保加快整合国有资产、优化国有经济布局、促进国有资产保值增值、推进企业东移和劣势困难企业退出等任务和工作目标的完成；要求在市国土房管部门统一指导和规划调控下，赋予渤海国资对东移搬迁企业和劣势困难退出企业的土地行使收购、储备、整理职能；明确将经评估后的渤海化工集团塘沽盐场2.5万亩土地作为公司资本金。

政策春风，东移企业焕发新生

为确保工业东移战略的顺利实施，天津市政府组织有关综合部门研究并出台了《关于实施工业战略东移促进结构调整财税政策意见的通知》（津政发〔2001〕54号）、《天津市工业东移企业国有土地使用权收购暂行办法》（津财企一〔2002〕38号）等多项扶持政策，从财税优惠到土地收储，全方位支持东移企业的搬迁改造。

自渤海国资成立16年以来，已累计收购土地9100亩，支付补偿金高达198亿元，实现土地出让金总额约470亿元，为东移企业带来了实实在在的增值收益。其中，天津手表厂、福津木业、天鼎纺织、无缝钢管厂、轧一等地块在渤海国资的助力下获得14.9亿元的增值收益返还。目前，仍有15宗东移企业的土地待出让，其中天拖片区的土地有望实现13.7亿元的增值收益返还。

渤海国资成功完成了天津手表厂地块的收储整理与挂牌出让，为其带来了约2.2亿元的土地增值收益返还。根据"工业东移"的城市规划，天津手表厂已迁至空港物流加工区，实现了年产100万只中高档机械表、1000万只中高档机芯的生产规模，成为亚洲最大的手表产业基地，让老品牌焕发出了新的活力。

以天拖片区为例，公司收储土地约1439.84亩，其中1022.25亩享受了战略东移政策红利。目前，天拖一期、天拖二期岁丰路东侧、天拖二期岁丰路西侧的土地出让工作已陆续完成,预计企业可享受的增值收益将达到10.96亿元。通过精心规划与运作,天拖成功搬迁至宝坻区,建设起集产、供、销、研于一体的大型农业机械工业园,新厂址占地约700亩,年生产各式拖拉机及收获机械达1.6万台,年产值高达15亿元,规模在国内同行业中名列前茅。

渤海国资对东移企业的服务支持远不止于此,作为主体信用评级AAA企业,公司结合自身优势资源通过投融资、资本运作、并购重组等多种方式参与相关企业发展、化解债务风险,为国有企业的健康发展提供了重要保障,也为天津经济发展做出积极贡献。

乘势而上创伟业,接续奋斗谱新篇。渤海国资将不忘初心、坚持服务国资国企改革发展的职能定位,依托自身强大的能力与丰富的资源优势,积极为东移企业的搬迁改造及持续健康发展争取更为有力的政策扶持与资金支持,确保企业能够在变革中稳步前行,实现长远发展。

满足并超越客户预期

从"小作坊"到中国药包行业首个智能工厂的蜕变之路

天津宜药印务有限公司

自力更生、艰苦创业

宜药印务前身是成立于1958年6月的天津市药品包装印刷厂,北马路198号的一个小院子成了宜药印务起家的地方,车间是老式的平房,生产设备是陈旧落后的手工操作印刷机。面对简陋的厂房、陈旧的设备,公司干部职工自力更生、艰苦创业,大搞技术革命,加强企业管理,使企业一步步发展起来。

在1976年的唐山大地震中,老式陈旧的厂房遭到了严重破坏。地震发生后,公司投入抗震救灾、重建家园的自救工作中,领导干部带头,广大职工参与,日夜奋战在企业,克服了很多难以想象的困难。在灾后重建过程中,青年民兵在保卫企业、建设企业工作中做出了突出贡献,进而荣获市工商局先进集体的光荣称号。

改革创新、强化管理

1979年,经过两年多艰苦卓绝的奋斗,新厂房终于建成,沐浴着改革开放的东风,公司积极融入市场,主动适应发展,1984年成立供销科,完成从生产型企业向生产经营型企业的转变。加快市场外拓的步伐,先后与多家外资、合资企业建立供应关系。依托生产设备的更新,坚持向科技要效益,积极引进新工艺、新技术,使产品质量不断提高,先后多个产品荣获国家及地区优质产品奖。

1994年,宜药印务开始引进多色印刷机,印刷生产由单色印刷进入多色印刷,生产有了质的飞跃,随后又陆续引进德国海德堡多色胶印机及瑞士博斯特模切机和糊盒机,企业发展跨出了重要一步。2000年,企业进行全面装修,无论是内部生产及办公环境,还是厂房外观都呈现出崭新的面貌。同时,企业深化内部管理,1992年被市政府命名为"重合同、守信誉"单位;1996年被评为工业设备管理先进单位;1998年被评为天津市工业系统首批管理基础工作达标企业。

乔迁新址、华丽转型

面对企业发展的迫切需要,领导层科学决策、统筹谋划。最终,2004年8月,总投资4000万元的公司新厂房落成,成为南开区咸阳路上一道亮丽的风景。与此同时,药品包装印刷厂顺利完成体制改革,更名为天津宜药印务有限公司。新址落成以来,公司常态化推进设备的迭代升级,不断延伸产业链条、拓宽产品领域,同时,坚持技术是助力市场的保证,矢志不渝开展新工艺的研发。2016年,利用逆向油工艺设计制作的一种线纹图案,不仅提升了包装产品档次,也同时具备防伪效果。公司近年来研制的新技术、新工艺取得了诸多设计类奖项,并已成功应用于制药企业的订单中。

科技兴企、与时俱进

公司坚信在激烈的市场竞争中,产品质量是赢得市场的重要筹码,而高质量的产品来自高科技的投入。多年来,始终将这一理念贯穿在设备引进的所有环节中,深信引进就必须是世界先进的,先后引进德国海德堡多色胶印机、对开四色带翻转胶印机、瑞士博斯特模切机和糊盒机、瑞士博斯特烫金机,以及日本、美国、以色列包装印刷质量检测仪器、首张监测设备、电脑设计系统、ESKO制版软件,以及美国柯达CTP制版系统、电子监管码喷码系统等设备和仪器。先进设备的引进,使企业向高端、高新、高质、高科技领域发展进军。近年来,先后被评为"国家高新技术企业""天津市专精特新中小企业""天津市创新型中小企业""天津市绿色工厂""天津市企业技术中心"等,并相继取得C9、G7、ISO9001、ISO14001、ISO45001、ISO50001等多项管理体系认证。

公司坚持吸收现代印刷的技术精粹,致力于超越平凡的设计,追求专业印刷新理念,创新成果丰硕,先后开发了盲文生产工艺、一体化烫金版、联机UV逆向、砂染、幻彩等多项生产加工工艺,其中砂染、幻彩等新工艺,荣获第八届"KellyOne·陕西北人"杯包装印刷与标签作品大奖赛三项大奖。已获得实用新型专利、发明专利50余项,使产品质量、服务质量有了更严格的标准和可靠的保证。

智能引领、突破自我

公司坚持把发展新质生产力作为企业高质量发展的内在要求和重要着力点,在泰达控股、泰达实业集团大力支持下,按照"十四五"规划安排,领导班子审时度势,在深刻剖析企业内外部环境,对企业的优劣势进行全面分析,明确未来发展方向和目标的基础上,投资建设智能化工厂的课题提上日程。最终,经过多方调研选址,2024年4月,宜药印务(江苏)有限公司开机仪式在江苏镇江隆重举行。江苏工厂利用数字化技术重塑现有印刷包装生产流程,部署ERP、MES、APS等数字化管理系统,以及全流程自动化物流系统,实现从设计、制版、印刷到后期加工的全流程自动化、数字化、网络化运作,力求将其打造为一座国内领先的智能化药品包装生产基地。作为中国医药包装行业首个智能工厂，宜药印务智能工厂的开机，不仅是对生产效率和质量的一次巨大提升，更展现了包装行业智能化升级变革的无限可能。

致敬历史的最好方式就是创造新的历史。面向未来，宜药印务将一如既往恪守专业化准则，在行业领域内不断打造新的专业优势，追求卓越，更好地服务客户；我们将加快发展步伐，勇往直前，进一步把企业做优、做强、做大，推动企业达到更高水平，实现新跨越的宏伟目标；始终秉承"满足并超越客户预期"的经营理念，与更多优秀的合作伙伴携手共进，为泰达控股、泰达实业高质量发展做出新的贡献。

数实融合：开辟广阔数字化应用场景

天津泰达数智科技发展有限公司

2024年2月，习近平总书记来天津视察，为中国式现代化天津篇章擘画方向，为数字经济与实体经济深度融合发展指明方向，天津作为全国先进制造研发基地，要坚持科技创新和产业创新一起抓，加强科创园区建设，促进数字经济与实体经济深度融合。

自2020年1月创业伊始，泰达工程科技公司（泰达数智科技前身）以原天津泰达城市轨道投资发展有限公司信息管理事业部全部人员为班底，在积极落实市国资委和控股有关混合所有制改革的氛围中，在多方领导的关怀和爱护中应运而生。然而公司成立不满半年却遇上新冠疫情。

前所未有的事业，前所未有的挑战。泰达数智科技作为完全市场化的团队，成立之初，启动资金只有资本金，必须自谋生存之路，用当时领导的话说："把你们团队踢到大海里，你们得拼命往前游，没有回头路，坚定信心才能到达胜利的彼岸。"泰达精神永远激励我们攻坚克难，不被困难所吓倒，坚定信心、不忘初心、牢记使命。面对这样的不利局面，数智科技团队没有放弃、没有沮丧，而是以敢为人先、艰苦创业、开放创新的泰达精神为动力，跑项目、做产品，和时间赛跑，和疫情抗争，沿着"泰数"和"泰智"两大产品系列，抢时间、赶工期，在经济环境不出色的土壤中，艰难却也安稳地不断生长。

机会总是眷顾那些有准备的人,2022年公司中标中交数字化工程平台项目,这个项目是中交的重点信息化项目,科技含量高,技术难度大,应用在国家重点工程之上,同时也是公司对外项目取得突破的标志,为保质保量完成任务,树立泰达数字化品牌,公司上下高度重视,成立党员突击队,由研发部负责同志带领研发团队驻扎在中交大连项目部现场,研发城市基础设施智能化运管平台,数字化综合监控平台,BIM数字化交付平台等。2023年5月1日是团队难忘的日子,历时1年多,中交大连湾海底隧道通车运营,中国工程院院士林鸣评价道:"项目形成的拥有自主知识产权的核心技术,为世界沉管隧道建造贡献了中国力量。"在大连湾海底隧道管理中心的巨屏前,中交一航局数字化建设负责人说:"既有工程项目肉眼可见的'实',又有数字化赋予的'智',大连湾海底隧道是国内首例'实体+数字'双产品交付的沉管隧道工程。"在该项目中,通过和中交团队的深度合作,公司研发团队赢得了甲方的高度评价,培养了一支敢打硬仗的数智化团队,也打出了泰达数字化的品牌。

几年内,随着公司的不断发展和进步,每一个项目都值得自豪,每一个变化都值得骄傲。

2022年,公司完成了天津市轨道交通联调联试系统的交付,承载着全市新开通线路的联调联试项目管理的数字化。

2022年,公司完成地铁6号线二期机电工程数字化交付。

2023年,公司完成数字城投、数字资管、电商平台的一期交付,助力城市综合开发、资产运营管理,集中采购管理。

2024年,公司承接着泰达控股数字化2.0项目建设重任。

泰达控股沉淀的造城、运城的先进经验、多产业的应用场景、丰富的数据资源,为数实融合发展创造无可比拟的先天条件。数智科技团队一步一个脚印,用实际行动践行着从数字化建设到数字化运营再到数字化维护,实现了工程建设领域的数字化应用场景,实现智慧化运营,高效协作和处置,精准应对,节能减排效益提升,使得各类场景立体化、动态化。通过整合控股系统内水、电、气、热、市政、公交、绿化等公司现有的数字化应用,建立统一的智慧民生平台。同时打造数字城市运维样板,打造智慧城市和智慧运维产品。基于科创城、软件园、一机床等区域开发项目,做好数智化赋能,以数智全咨板块作为切入点,构建成熟的项目管理平台及智慧园区运维平台,在此基础上形成具有自主知识产权的城市级CIM平台和数智咨询体系,做到可复制、可推广。以控股数智化2.0项目作为契机、抓手,渗透至基层企业,联合浪潮、用友等成熟厂商,联合开发,形成标准化、品牌化、成体系的综合解决方案,并复制推广到其他同类型的企业集团。以数字乡村、智慧新能源建设作为切入点,通过内部板块间的协同运作,构建企业内部生态圈,在与外部资源的多模式集成,形成产业生态圈。

数字经济、信创产业、数字化转型作为泰达控股高质量发展的重要抓手,数实融合的蓝图在泰达控股系统内徐徐展开。泰达数智科技作为泰达控股数字化建设主力军和信创产业的承接者,以产业数字化和数字产业化为双轮驱动,立志成为数字经济的排头兵。

在泰达控股现代化产业布局的蓝图上,数智科技团队深知使命光荣,责任重大,唯有实干担当,方能创造未来。公司将沿着习近平总书记指引的方向坚定前行,深刻领会把握"四个善作善成"的重要要求,坚持科技创新和产业创新一起抓,在发展新质生产力上善作善成,把习近平总书记擘画的发展蓝图转化为施工图、实景图。围绕科技创新和产业创新形成良性循环,助力未来数字化发展,深化数字经济与实体经济的融合,推动经济结构的转型升级,成为泰达控股未来产业发展最闪亮的名片。

把绿色洒在全国大地　开启乡村振兴事业新篇章

天津城乡开发投资有限公司

实施乡村振兴战略,是党中央作出的重大决策部署,是决战全面建成小康社会、全面建设社会主义现代化国家的重大历史任务。天津城乡开发投资有限公司(简称城乡公司)自2022年8月成立以来,认真贯彻落实党的二十大报告中提出的全面推进乡村振兴战略,依托泰达控股及实业平台战略布局,结合泰达绿化及水利集团涉足领域技术,主动融入服务泰达控股高质量发展大局,致力于打造"因地制宜,发展特色农业,做强一产""科技赋能,推动产业升级,做优二产""创新融合,打造新农村新业态,做活三产"的乡村振兴三产融合发展模式,为泰达控股高质量发展贡献力量。

拓展思路　砥砺前行

城乡公司积极推动乡村振兴产业融合,为绿色发展注入新动力,始终坚持因地制宜、科技赋能、创新融合的原则,致力于在全国范围内推动乡村振兴产业融合投资新模式,成功拓展了太仆寺旗乡村振兴项目、广西国家储备林项目等,这些项目在当地引起了广泛关注。

2022年8月城乡公司与内蒙古锡林郭勒盟太仆寺旗签订战略合作协议。天津城乡公司规划了"林药高质量种植+现代农业产业链建设"的开发投资模式,在此基础上启动了太仆寺旗乡村振兴项目一期启动工程,旨在利用太仆寺旗自然资源优势,通过实施18万亩的国土绿化建设,建立起适宜提升荒漠化地区土壤改良的技术体系和中草药生态高产种植技术体系,打造以土地生态建设与林药生态种植为核心的规模化林药生态种植示范;通过示范带动太仆寺旗农户的种植积极性、扩大太仆寺旗的道地中药材种植规模,着力开展道地药材种质资源开发利用(产业前端)及中药材品牌打造与产品开发(产业后端),通过科技赋能当地中药材产业发展,将太仆寺旗林药种植示范区打造成为全国林药生态种植示范基地,助力太仆寺旗农业产业升级。

城乡公司深入拓展"储备林+"生产经营路径,与广西来宾市金秀县、百色市右江区、梧州市龙圩区签订战略合作协议,积极探索"储备林+林下经济""公司+村集体"模式,以点带面盘活林地资源,示范带动广西当地林业产业高质量发展。下一步,城乡公司将发挥央地合作优势,系统总结国储林项目成功经验,进一步整合多方资金、激发市场活力,积极参与当地林业产业建设,努力打造"储备林+林下经济"产业链,为建设宜居美丽乡村、促进林业产业的可持续发展、助力乡村振兴贡献城乡公司应有的力量。

深挖外部市场　创新营销模式

未来,城乡公司将继续积极推动乡村振兴产业融合投资新模式,培育并大力发展新质生产力,通过与行业高校、科研院所的紧密合作,充分利用各方创新资源要素,发挥企业科技创新主体作用,积极跟进天津、广西、内蒙古市场的项目,全面推进乡村振兴战略,探索天津现代都市型农业业务模式,不断提升企业外向度。同时,以项目投资为载体,积累土壤改良、中药材良种培育、农林管理等各类技术创新经验。

城乡公司坚信,在泰达控股党委和泰达实业党委的坚强领导下,在公司的不懈努力下,城乡公司终会为我国乡村振兴事业和泰达控股的高质量发展做出更大的贡献,让城乡建设更加美好,将绿色洒满祖国大地。

同舟共济 守望相助

渤海财产保险股份有限公司

在保险业的浩瀚大海中,渤海财产保险股份有限公司(以下简称"渤海财险")犹如一艘坚不可摧的巨轮,在2005年10月18日扬帆起航,从美丽的滨海之城天津出发,荣耀地成为首家将总部设立在这片热土的全国性财产保险公司。近二十年的风雨兼程,渤海财险凭借其稳如磐石的经营策略、不断创新的服务理念及深邃的企业文化底蕴,绘制出一幅幅令人瞩目的壮丽画卷,成为业界的一颗璀璨明珠。

2023年,渤海财险积极推进战略优化升级,明确"创建享有一流品牌声誉的卓越财产险公司"的奋斗目标,全面贯彻落实泰达国际各项工作部署,主动服务泰达控股高质量发展大局。在泰达控股大力支持下,公司全员积极进取,全面开展系统内保险协同,推进产寿共保,业务规模稳步提升,2023年累计实现保费收入35.49亿元,累计实现净利润4737万元。

稳健经营,深耕细作

渤海财险始终秉承"以客户为中心"的服务宗旨,深耕保险市场,不断提升服务质量。目前,公司拥有24家省级机构,200余家地市级和县级机构,销售服务网络遍及全国。保险产品涵盖机动车辆保险、企业财产保险、工程保险、货物运输保险、责任保险、保证保险、意外伤害保险、短期健康保险等,为企业生产经营和人民群众生活稳定提供了有力的保险保障,为社会经济发展贡献了力量。

承保项目,彰显实力

渤海财险积极为国家重点项目提供风险保障,以其专业实力和丰富经验,进一步巩固了在保险行业中的地位。公司先后为天津、深圳、安徽等多条地铁线路的工程和运营期项目、南水北调中线干线工程、天津市安全生产综合保险项目、西安市校方责任险统保项目等重点项目提供保险服务。与大型集团公司合作,在为企业分散风险的同时,定期为客户提供风险管理培训,帮助客户防范、化解潜在风险。渤海财险作为中华人民共和国第十三届全国运动会唯一保险合作伙伴,为在天津举办的第十三届全运会提供包括人身意外伤害保险、财产保险、公众责任险和交通工具保险等在内的多项综合保险服务。

风险管理,稳健前行

渤海财险始终把防范风险作为公司健康发展的生命线。公司坚持"预防为主,控制为辅"的原则,建立了完善的风险管理体系,通过科学的风险评估和有效的风险控制措施,确保业务的稳健发展。在面对市场波动和不确定性时,渤海财险能够迅速作出反应,采取有效措施,最大限度地降低风险,保障公司的长期稳定发展。

创新发展,引领未来

面对新时代的机遇与挑战,渤海财险不断深化改革,稳中求进。结合市场需求变化,公司不断创新保险产品,在数字化转型发展过程中不断提高市场竞争力。公司自成立以来,先后荣获"中国价值成长性十佳保险公司""卓越竞争力成长型保险公司""中国十佳最具成长性金融机构""全国企业文化建设先进单位""天津市纳税信用A级纳税人"等荣誉称号。

保证服务，客户至上

渤海财险深知，服务是保险行业的生命线。2023年8月，受台风"杜苏芮"影响，京津冀等地区连降暴雨，渤海财险客户因受洪水淹没而设备受损。渤海财险接到报案后高度重视，总、分公司迅速组成专业团队赶赴现场，指导处理理赔定损工作。仅用时11天的时间，渤海财险预付了200万元的赔款，并在接下来的4个月内累计支付了450万元的赔款，这一举措全力帮助受灾客户和当地居民尽快恢复正常的生产和生活，展现了渤海财险专业高效的服务能力。2023年12月，天津市保险行业协会组织召开了天津市保险业支持防汛抗洪及灾后重建经验交流和总结大会。在会议上，渤海财险因积极履行社会责任、充分发挥风险保障功能而受到表彰。

同时，公司不断探索服务创新，力求为客户提供更加便捷、高效的保险服务体验。公司立足运用网络、大数据、移动互联网等新技术，研发贴近客户需求的"个性化"保险产品及"定制化"保险服务方案，通过移动展业赋能，打造线上+线下融合展业模式，为客户提供"一站式"优质的线上保险服务体验。

社会责任，回馈社会

渤海财险始终将履行社会责任视为企业的重要使命。在业务发展的同时，不忘回馈社会。公司通过保险进社区、进课堂等方式，积极宣传保险知识，普及防灾防损常识，提高公众对保险的认知度。此外，公司参与建设希望小学、设立助学基金、为儿童福利院捐款、为贫困地区捐款捐物、为贫困户捐赠保险，不仅塑造了积极、健康的企业形象，也为实现中国梦贡献了自己的力量。

人才培养,基业长青

人才是企业发展的根本。渤海财险高度重视人才培养,建立了完善的人才培养和激励机制。公司通过内部培训、外部引进、职业规划等多种方式,不断提升员工的专业技能和管理水平。同时,渤海财险还注重企业文化的建设,营造积极向上、团结协作的工作氛围,使员工能够在公司的发展中实现自我价值,为企业的长远发展奠定了坚实的人才基础。

合作共赢,开放发展

随着时代的进步和社会的发展,合作共赢已成为企业发展的重要战略。2012年,渤海财险成功引入大洋洲最大的非寿险公司澳大利亚保险集团作为战略投资者。与太平再保险(中国)有限公司、中国财产再保险有限责任公司、劳合社保险(中国)有限公司等知名再保险公司建立了良好的合作关系。通过资源共享、优势互补,渤海财险不仅提升了自身的竞争力,也为合作伙伴带来了价值增长。

展望未来,再创辉煌

2024年是新中国成立75周年,是泰达控股成立40周年。在今后的发展道路上,渤海财险将秉持党的二十大精神和中央金融工作会议精神,加快推动高质量发展,形成和服务新质生产力的全局高度,始终坚持政治性、人民性,坚持以客户为中心,以时不我待、舍我其谁的紧迫感、使命感,倾力"创建享有一流品牌声誉的卓越财产险公司",加快落实"以客户为中心"的发展战略,形成正直有为、海纳百川的文化氛围。坚持"服务为本、效益为先、精益管理、创新发展"经营主线,推动"十项行动"和泰达控股"六个专项行动",全力推进"三量""五管"各项工作见行见效,为泰达控股高质量发展做出贡献!

二十年行稳致远 "稳而美"继往开来

恒安标准人寿保险有限公司

恒安标准人寿成立于2003年,是中国加入世界贸易组织(WTO)后成立的第一批中外合资险企,目前的中英方股东分别为天津市泰达国际控股(集团)有限公司和英国安本集团,设立时中方股东为天津泰达投资控股有限公司。传承泰达的奋斗精神,成立20年来,恒安标准人寿始终保持战略定力,践行长期主义信念和永续经营理念,夯实基础,开拓创新,抢抓机遇,做强做优,走上了一条高质量发展之路,以丰硕的经营成果为2024年泰达控股成立40周年献礼。

传承中外优势基因,续写百年风华

1847年,道光二十七年,英国标准人寿在华设立永福人寿,业务范围一度遍及天津、北京、上海、广州、香港等地。

1889年,永福人寿推出中国历史上第一张死亡率经验表,即生命表。

1907年,客户张韶甄去世,永福人寿仅用9天时间便履约了此桩"华人寿险第一大赔案",赔付金额达一万两白银。晚清首富、著名的企业家盛宣怀专门写信称赞永福人寿"如数赔足,极为迅速,足见贵行妥实可靠,本大臣至深钦佩,专此祗颂"。

永福人寿在华经营91年,后因抗日战争被迫离开,但一直没有放弃寻找保户并履行相关责任的努力。永福人寿将有效保单的管理转至标准人寿爱丁堡总部，直到20世纪60年代保险合同到期自然解除。

伴随中国"入世"钟声响起，天津这个百年商埠正不断焕发新生。彼时，天津泰达先后与多家国际金融机构合作，快速拓张自己的金融版图。2003年12月1日，天津泰达携手标准人寿成立合资公司——恒安标准人寿，总部设在天津，初始注册资本金13.02亿元人民币，是当时注册资本金最大的合资寿险公司。

作为中外合资成立的人身险公司，恒安标准人寿自诞生之日起就坐拥各方优势资源。中方发起人天津泰达投资控股有限公司作为天津国资翘楚，对金融行业有着深刻的洞察，为恒安标准人寿的发展提供了丰富的资源。滨海新区的开发开放给企业带来了极大的机遇与挑战，为包括恒安标准人寿在内的金融机构提供了良好的发展机遇。英方发起人标准人寿纵横国际保险市场近两个世纪，是英国最大的金融服务机构之一，连续多年被评为"英国年度最佳寿险和养老金公司"。

2008年，经股权转让，公司中方股东变更为天津市泰达国际控股（集团）有限公司；2017年，英国标准人寿与安本资产集团合并，并于2021年正式更名为安本集团，公司英方股东变更为安本集团。

行稳致远，坚守高质量发展

注重发展的质而非一味地追求量，是恒安标准人寿成立伊始就定下的发展"规矩"，双方股东在合作之初就达成了注重长期稳健经营的共识。

截至目前，恒安标准人寿注册资本逾40.46亿元人民币，已开设10家分公司，下辖60余家三、四级机构。2020年，公司在香港全资收购标准人寿（亚洲），积极投身粤港澳大湾区一体化建设，成为拥有境外保险牌照的中外合资保险公司。2021年，公司全资持有的恒安标准养老保险有限责任公司成功设立,作为国内首家拥有外资背景的专业养老保险公司,对于公司布局中国市场和中国养老保险市场发展,具有里程碑式的意义。

集团十年来财务表现优异,总资产、保费收入、净利润增速均领先行业平均水平。截至2023年,集团总资产连续9年双位数增长,2019—2023年复合增长率达27%;2023年集团净利润0.86亿元人民币,保持行业前1/3,连续10年盈利;公司偿付能力、核心指标均保持行业前列,并入选2023年天津企业100强、服务业企业100强。

截至目前,公司在偿二代体系下第31次获评风险综合评级A类评价,是行业唯一一家连续十个季度获评AAA类的公司。公司连续4年获评"年度稳健经营保险公司"荣誉称号;累计2次获评"高质量发展保险公司"称号;连续2年荣获"保险公司投资金牛奖",彰显出业内对公司稳健经营的认可。

公司始终铭记企业的社会责任,抱有服务社会的理想,积极响应国家号召,在服务国家战略、助力乡村振兴、关爱"一老一幼"公益慈善等方面持续耕耘。

继往开来,开启发展新篇章

伴随中国保险业蓬勃发展,恒安标准人寿坚定看好中国保险业的发展前景,致力于成为最具长期价值与创新能力的寿险集团。

恒安标准人寿坚信,经济高质量发展的态势依旧不改。在新发展理念下,我国经济具有巨大的发展潜力和韧性,长期向好的基本面没有改变。人均GDP依旧持续增长,为保险深度和密度的提升奠定物质基础。

恒安标准人寿坚信,外资的舞台必将更加宽广。新时代十年以来,我国坚持对外开放的基本国策,推进高水平对外开放的脚步从未放缓。国家金融监督管理总局党委书记、局长李云泽在2023金融街论坛年会上强调,金融开放是我国金融业改革发展的重要动力。

　　恒安标准人寿坚信,人民群众养老需求将持续释放。随着我国人口老龄化进程不断演进,人民群众对养老保险,特别是长期养老金的需求将会显著提升,终身寿险、养老金和年金将会成为未来人身险业的发展增长点。

　　各种因素叠加为恒安标准人寿的发展提供了优渥土壤。在公司20年发展历程中,天津良好的营商环境和股东双方的有力支持为恒安标准人寿抓住中国金融保险行业发展机遇提供了独特的优势。面向未来,恒安标准人寿将积极学习领会贯彻中央金融工作会议和中央经济工作会议精神,全力落实市委、市政府"十项行动"和泰达控股"六项行动"部署,充分发挥保险经济减震器和社会稳定器的功能,树立业内"稳而美"发展典范,为天津经济社会发展做出更大贡献,为建设金融强国贡献恒安力量。

乘泰达东风　共创美好未来

天津泰达私募基金管理有限公司

回顾过去40年,泰达控股锐意进取、砥砺前行,在国家政策指引下,以推动经济社会发展为己任,紧跟时代步伐,把握市场脉搏,积极参与天津市重大战略和重点项目建设。

泰达控股基金板块重要载体天津泰达私募基金管理有限公司(原津联国鑫)成立于2017年9月12日,注册资本1亿元,是经中国基金业协会备案的私募股权基金管理公司。在管主力基金津联海河基金的基金收益率超过300%,基金项目天津返投总规模达到13.6亿元,返投比例达2.89倍,返投业绩处于区域内国资基金前茅。

回顾公司成长,有着辉煌的历史。2019年,津联海河基金作为基石投资者,助力康希诺生物港股发行,实现4亿余元收益,综合收益率逾6倍。康希诺生物,在新冠疫情初期积极研发新冠疫苗,为人民筑起一道坚实的健康屏障。在未来的日子里,康希诺生物将继续发扬光大,为人类健康事业做出更大的贡献。

泰达私募管理的津联海河基金投资总额逾7亿元,预期年化收益率超50%。其中,海光信息、唯捷创芯等项目,也同样获利颇丰。

在海光信息投资案例中,投资团队自收到关于海光信息股权投资项目的详细报告,迅速行动,分工合作,对报告中的各项内容进行了深入研究和讨论。在短短一周的时间内,完成了对海光信息股权投资项目的全面分析和决策,并制定了详细的投资计划和风险控制措施。这场决策的高效完成,不仅体现了投资团队的专业素养和高效工作能力,也为公司的未来发展注入了新的动力。海光信息股权投资项目的成功投资,成为公司未来发展的重要支撑,为投资者带来可观的回报。

此外,泰达私募布局人工智能、建筑模架、环保等领域企业。以金融之力,助推科技创新与可持续发展。

因公司业绩卓越,备受行业瞩目,也斩获了诸多荣誉:荣获甲子光年颁发"2022年度最具成长科技产业有限合伙人TOP10"奖项;荣获《融资中国》杂志颁发的"2021地市及区县级政府引导基金最佳风控TOP50"。在首届国资基金颁奖典礼上,泰达私募荣获"2020年度助力国家产业政策国资基金管理人TOP10""2020年度最具价值创造国资基金合伙人十强""2020年度最佳助力国家产业政策案例"。荣获融资中国所颁发的"2020年度中国最佳母基金直投"及"融资中国2020年度中国最具成长性有限合伙人TOP10"奖项。

为整合泰达系统内金融牌照资源,泰达国际、泰达私募与渤海国资于2023年6月29日签署《股权转让协议》,泰达私募以非公开协议转让方式转入泰达国际,成为泰达国际全资子公司。

公司逐步从财务性投资为主兼顾产业投资向遵从泰达控股整体战略转型,协同泰达控股内部成员企业,围绕主业发掘寻觅投资机会,借金融力量助力泰达控股产业升级。

转型过程面临诸多挑战,为与泰达控股成员企业形成协同,需充分调研和配合其他产业集团积极拥抱行业科技发展,创造新机会。泰达私募助力控股体系成员企业,为力生制药、泰达物流筹备组建基金,协助其构建发展新动能。这两只基金的设立有助于上市公司的市值提升。

同时,根据科技部、财政部联合印发《行动方案》引导基金"投早、投小、投硬科技",助力解决"卡脖子"问题。公司从人员配置到项目投资流程,均需从成熟项目向早期项目迁移,对项目评估和风险控制等提出更高要求。

随着津联海河基金进入退出期,泰达私募从筹备新基金开始,就积极践行国资基金使命,积极努力参与天开园的建设,为园区的蓬勃发展贡献着自己的力量。作为首批入园基金公司,凭借敏锐的市场洞察力和专业的投资技能,不仅为园区带来了资金支持,更带来了先进的管理理念和丰富的行业经验。泰达私募与园区管理部门密切合作,共同推动天开基金落地。同时,积极参与园区的招商引资工作,利用自身的资源优势和渠道优势,为园区推荐优质的企业和项目。

未来泰达私募的发展靠什么?

过往投资业绩:过往的投资业绩是私募股权投资基金公司吸引投资者和合作伙伴的关键因素之一。优秀的投资业绩不仅能够证明公司的投资能力和专业水准,还能够增强投资者的信心,吸引更多的资金和资源。

优秀的投资团队:泰达私募团队精干、专业、富有经验。均具备重点高校教育背景,经历丰富。含公募基金总经理、保险公司股权投资部门负责人、银行直投部门负责人、上市公司投资负责人等,足以应对私募股权投资领域的各种挑战。团队的充实是个过程,将贯穿公司业务发展的全生命周期,公司将努力吸纳优秀人才加入,提升公司核心竞争力。

稳健的风险控制能力:具备稳健的风险控制能力,才能够应对市场波动和潜在风险。需要公司建立完善的风险管理制度和内部控制体系,对投资项目进行全面的风险评估和监控,以确保公司的稳健运营和投资安全。

成熟的投资策略:随着私募股权市场的不断发展和成熟,成熟的投资策略将成为私募股权基金公司保持竞争力的关键。这包括在投资风格、投资阶段、投资行业和地域等方面,在总结过往投资案例、成功经验的基础上,并不断创新投资策略,以满足投资者的需求。

标准的国资基金公司,也要有市场化的激励逐步落地。近期公司在探索募集、跟投、超额业绩激励等政策制度。为未来管理规模拓展和市场化做好制度准备。

基石投资人,泰达控股的发展对泰达私募至关重要。这不仅体现在资金上,围绕泰达控股主责主业,发掘新动能,守正出奇,充分发挥泰达控股各子集团的优势,利用基金的杠杆、引领作用,最大限度撬动资源,为高质量发展助力。结合泰达控股既有资源,基金在生物制造方面与环保和绿化板块协同,探索新技术模式;在低空经济方面与泰达集团、航母、物流协同,探索新基建模式;在新一代信息技术方面引入被投资企业,助力泰达控股园区建设;在大健康方面,助力核心上市公司并购发展。

40年的辉煌历程是泰达私募共同的骄傲,未来的发展蓝图需要我们共同描绘和奋斗。泰达私募未来亦将继续坚守诚信、专业、创新的价值观,审慎开展投资,助力企业发展,为泰达控股、为天津开启产业转型升级的新篇章!

打造精品工程　助推高质量发展

泰达滨海站及泰达城轨公司

　　近两年,泰达滨海站及泰达城轨公司党组织不断壮大,成立了基层党委和4个党支部,完成了3家公司的全面整合、健全完善内控体系、资金风险防范和信访维稳化解等难点工作,迎来了Z4线首列电客车成功上线,工程首个完工区间进入联调联试、滨海西站北广场主体结构及附属结构全面封顶等重大项目建设节点。种种成绩背后,是日益精湛的工业水平、日益完善的管理体系、强大的团队力量、灵活的工作环境的种种进步,折射的是泰达控股和泰达城投城市综合开发的硬实力,展现的是建设领域泰达人的风采。

从此岸到彼岸,蓝图跃进现实

　　回望2001年,按照天津市城市总体规划,津滨轻轨9号线的建设使命落到"泰达人"肩上。该项目全长52.3公里,是缩短津滨交通距离、提升人民生活质量、拉动经济增长的重要举措。"泰达人"仅用1000天的时间就完成了项目东段的建设任务,创造了一个"国内立项审批速度快、线路长、造价低、工期短、工程质量全优"的中国轨道交通建设史上的奇迹,又利用一年半的时间完成了西段建设运营,再创辉煌。

　　风雨兼程,砥砺前行。面对津滨轻轨9号线的建设过程中遇到的一个又一个难题,"泰达人"始终坚持统一思想、敢为人先,积累了大项目建设管理体系、设计创新、技术攻坚等一系列宝贵经验。接续奋斗,生生不息。有了大项目建设的宝贵经验,面对京津冀一体化、天津市、滨海新区可持续发展的战略规划需要,公司团队把握机遇,主动扛起滨海西站、Z4线两个大项目建设任务,力争把公司建设成为以轨道交通、绿色能源产业为核心的优质城市基础设施建设公司,新基建国有资本投资、建设、运营公司。

滨海西站是京津冀一体化战略中,集合铁路客运、城市轨道、市区公交等多种交通方式的"天津四大综合交通枢纽"之一,公司仅用2年时间完成了投资额50亿元的一期工程建设,目前正在全力推进、投资额38亿元的二期项目,已成功入选天津市首批智能建造试点,获评天津市建设工程质量安全文明施工观摩工地和天津市市级文明示范工地。

轨道交通Z4线一期工程是天津市轨道交通网络规划中"两横两纵"市域线中的一条纵线,是"滨城"城市新空间战略实施的重点支撑,总投资额341.97亿元。由于政策原因,2020年PPP项目公司完成组建,2022年,才真正迎来了大干快干的时期。

发扬工匠精神,打造精品工程

自两个大项目建设以来,公司坚持聚焦产业、聚焦质量、聚焦特性,在前期设计上大胆探索、在施工技术上稳扎稳打,确保打造高质量工程。

为了达到线型美观、节约空间、降噪效果好、乘客舒适性好等效果,公司创新采用了先张法预制U梁技术,采用大吨位智能先张技术、一串二台座工艺,配备智能喷淋养护系统与智能蒸养系统,这也是在我国北方地区轨道交通行业中首次应用。

在Z4线项目关键性节点工程中,跨永定新河桥的施工可以说是"集技术难题于一身"的"课代表"。该桥梁结构型式为6线三幅不等跨连续梁(131米+160米+111米),主桥全长402米、边梁宽13.8米、中梁宽10.8米,最大梁高达11.6米。建设过程面临近海复杂地质环境、超长水下大直径钻孔灌注桩、特大型深水围堰、超大体积混凝土、挂篮冬季施工等一系列技术难题。为此,公司成立技术专家团队,组织设计、施工、监理、社会专家等多方资源反复设计、实验、复盘。最终在主桥桩基施工上,设置了泥浆三件套,专门用于检测泥浆性能指标,及时调整泥浆配比,防止钻井过程出现塌孔,并研发了一种桩基施工反循环钻杆打捞装置,保证钻孔桩的施工质量和成桩效率。在主桥上部连续梁施工上,采用挂篮悬浇工艺,用挤塑板+特制棉被相结合的方式全包裹,并采用负温压浆料,保障了整个冬季的施工进度。在主桥施工上,采用具有施工工期短、对地层适应性好、易穿越地下障碍物优势的锁扣钢管桩围堰施工工艺,缩短主桥基础施工工期约120天。

凝聚奋进力量,展示企业文化

围绕两个项目建设特点,泰达滨海站及泰达城轨公司牢固树立"一切费用皆可压降、一切成本皆可控制"的管理理念,持续加强项目建设、人工成本、公务支出等费用管理,提高效率效益上的竞争力,加强企业文化建设,倡导企业家精神、契约精神,多措并举培育高素质人才,强化梯队建设。经公司"三定"后,骨干力量进一步向一线倾斜,同时,为泰达控股系统内输送优秀干部人才。在泰达控股第一届职工足球赛中,公司足球队员顽强拼搏,团结协作,场下职工及家属众志成城,呐喊助威,大家在场内场外互相补位、同心同行,每一名员工身上都展现着信仰、毅力、合作、拼搏的企业文化,更展现了泰达人昂扬向上、敢打敢拼、精诚团结的意志品质。

乘势而上抓机遇,凝心聚力谋发展

2024年是新中国成立75周年,是实现"十四五"规划目标的关键一年,也是泰达控股成立40周年。泰达滨海站及泰达城轨公司立足基础设施建设领域,拓展新项目增量,聚焦TOD新模式开发、地铁+光伏新技术应用等重点工作,夯实转型发展根基,激活新的生产力引擎,践行"三新""三量"部署,全力以赴为泰达控股高质量发展贡献力量。

持续推动Z4线站点及周边土地的TOD开发。TOD项目的建设极具复合性和预判性,是对开发者资金实力、融资能力、专业技术和运营经验等方面的诸多考验。目前,滨海新区轨道线网首个TOD项目——泰达站已经落地实施,下一步,泰达滨海站及泰达城轨公司将通过协调推动政府发布政策文件、完善地块整理、加强平衡地块收益统筹研究等方式,持续推动项目沿线TOD开发,短期内实现土地出让收入反哺轨道建设,中远期实现商业配套功能升级、人口集聚、客流和财税收入增长平衡轨道运营的目标。

探索地铁+光伏新技术应用,大力推动轨道绿色低碳运行。轨道交通供电系统自成体系,负荷稳定、耗电量大,为光伏发电就近消纳提供了良好的应用条件,同时,地铁车辆段、车辆基地及轨道沿线拥有大体量闲置屋顶及闲置空地资源储备,有利于大规模安装太阳能光伏发电系统。利用太阳能光伏发电造能技术,降低城市电力需求,是践行绿色发展的重要技术措施之一。项目实施后,Z4线绿电使用占比将达到25%。我们将持续加强与泰达控股体系内合作,为打造全国首条零碳城轨的目标奋力前行!

追风赶月莫停留,平芜尽处是春山。泰达滨海站及泰达城轨公司将围绕"三量""三新"中心任务,凝聚众智,汇聚众力,开启新赛道、凝聚新力量,在泰达控股成立40周年之际交出一份满意答卷。

再城　再市　再更新

天津泰达城市更新建设发展有限公司

　　在泰达控股这40载波澜壮阔的历程中,一幕幕激动人心的故事正在接连上演。这些故事,生动地展现了泰达控股如何深刻领会并切实贯彻习近平总书记的重要讲话精神,通过实践"四个善作善成"的理念,为天津新质生产力的蓬勃发展贡献力量。每一个故事,都是泰达控股不懈奋斗、追求卓越精神的生动写照。

　　本篇故事的主角,泰达城投所属泰达城市更新公司,就像一位富有智慧的践行者,紧紧跟随市委十二届五次全会的指引,以"三新""三量"为航标,勇往直前。在国家城市更新建设的大潮中,积极践行全市高质量发展的"十项行动",特别是"中心城区更新提升行动",就像一面鲜明的旗帜,激励着城市更新公司不断前行。其中,正在实施的南门外大街、一机床总厂、天拖等城市更新项目盘活闲置低效土地约54.4万平方米、盘活国有资产约59亿元。

　　在城市更新这个故事中,有一个特别的章节,就是河东区第一机床总厂及周边片区的城市更新项目,这是一个承载着天津工业历史记忆的地方。想象一下,未来的某一天,当您走进这片曾经轰鸣的工厂遗址,您会被眼前的景象所震撼。这里将不再只是机器的轰鸣和钢铁的碰撞,而是一个集工业设计、智能科技、数字经济、文商旅融合于一体的新型都市产业公园。那些曾经的老旧小区,也将焕发新的生机,与这片工业遗存共同见证天津的繁荣与变迁。

在城市 鉴新中国工业发展的"活化石"

第一机床总厂,是一个古老而又传奇的工业片区,它的故事要从1951年说起。那一年,新中国刚刚成立不久,一个名为"天津市公私合营示范机器厂"的工厂在人民的期待中诞生,这就是后来的第一机床总厂。它的成立,开启了中国齿轮加工机床专业化生产的新纪元,成为新中国机械制造类工厂的骄傲代表。自建厂以来,第一机床总厂经历了风风雨雨,但始终屹立不倒。它经历了五个阶段、三次扩建,每一次扩建都代表着中国齿轮机床行业的一次飞跃。这里创造了一个又一个"中国第一",成为行业的见证者和领航者。1953年,当第一台具有自主知识产权的全齿轮IA62机床下线时,它被誉为"雕刻机床",连苏联都为之赞叹。1956年1月12日,那是一个值得铭记的日子,毛泽东走进这个工厂视察,给予了工人们巨大的鼓舞。在接下来的岁月里,第一机床总厂迎来了多次扩建。1958年,它成为国内第一家,也是唯一一家国家级"齿轮机床研究所"。随后的几年里,第一台铣齿机、刨齿机、插齿机等机器在这里相继问世,为中国工业的发展注入了强大的动力。

然而随着时代的变迁和城市的发展,第一机床总厂也面临新的挑战。2006年,"津一"数控齿轮加工机床被评为"中国名牌",这标志着它在中国齿轮机床制造领域的领先地位。但与此同时,老厂区也面临搬迁和改造的问题。2014年,第一机床总厂开始陆续搬迁至西青区。直到2021年,老厂区正式进入闲置期,但这并不意味着它的故事就此结束,泰达控股开始精心谋划这片闲置的73万平方米国有土地,决定对其进行资产盘活。这标志着一个全新的起点,一个通过城市更新实现改造再利用的宏伟蓝图即将展开。

在成事 看老厂房"链接过去"

在城市的脉搏中,城市更新是一项宏大的乐章,它并非简单的房地产开发升级,而是一场多维度的城市建设交响乐,是一场关于城市空间与城市资源可持续发展的新探索,也是一次城市社会资源和各种产权的重新编排。在第一机床总厂这片承载着历史与荣耀的土地上,泰达城市更新公司组织团队走访了全国众多标杆城市更新案例,与众多城市更新参与者深入交流,汲取经验,寻找灵感。如同寻宝者一般,挖掘城市更新政策的宝藏,深入研究项目的历史文化、生态、区位价值,精心策划着每一个细节。

寻找"产业之翼"

第一机床总厂所在的二号桥片区,这片曾经以传统制造生产企业为主的土地,泰达城市更新公司不断用智慧和创意为这片土地注入新的活力,结合市区主导产业方向及项目所处的"设计之都"范围,制定了以"提升新质生产力"为核心,以"智能科技、数字经济、工业设计及文商旅"为融合的新型都市产业公园规划方案,让这片土地仿佛长出了新的"产业之翼",准备展翅高飞。

唤醒"工业之魂"

在这片土地上,还保留着工业遗存和大量原生态树木。设计团队最大化保留工业遗存建筑,打造建筑单体与公共景观空间一体化设计的绿色智慧公园,提升厂区整体宜居感,进而呈现了一个生机蓬勃的开放空间。通过文商旅产业导入持续丰富配套,让这片土地焕发出了新的生机与活力,仿佛唤醒了沉睡的"工业之魂"。

经过500天的精心谋划和不懈努力,第一机床总厂城市更新项目在2023年5月7日举行启动仪式,这个历史性的时刻标志着项目正式开工建设。天津市委副书记、市长张工来现场指导工作,为项目建设指明了方向,并提出了更高的工作要求和目标。

这是一个关于城市更新、关于历史与未来、关于梦想与现实的光辉时刻。我们看到了一个城市从老旧到焕新的蜕变，也看到了泰达精神所散发的智慧和光芒。

再乘势　待老厂房"面向未来"

想象一下，这片曾经繁忙的厂区，如今正悄然发生着翻天覆地的变化。厂区提升改造的总体规划布局犹如一幅壮丽的画卷缓缓展开，"一核两带三轴四区五园"的布局，仿佛是一块块神奇的拼图，等待着被精心拼接。

一机床项目不仅是对工业遗存的保护，更是对红色文化的深情致敬。泰达城市更新团队坚持"传承红色，津一焕芯"的理念，希望让更多的人感受到工业改造的魅力和力量，为城市增添新的活力，为百姓带来实实在在的福祉。工业区的开放运营，吸引了众多考察团的参观，成为展现城市更新成果的一张璀璨名片，也充分彰显了泰达人的卓越智慧与坚定担当。

"再城、再市、再更新"，泰达城市更新人定将全力以赴实施好一机床城市更新项目，让这片沉寂的工业遗址焕发新生，以更高的政治站位，更强的责任担当，以更亮眼的工作实绩为泰达控股成立40周年献礼，为天津全面建设社会主义现代化大都市贡献泰达的智慧与力量。

述往思来 向"新"求"质"

天津星城投资发展有限公司

星城公司成立于2003年11月18日,由天津市津南区土地整理中心与天津泰达投资控股有限公司出资组建,注册资本7.99亿元,是泰达系统内从事区域开发的生力军。

公司成立初衷是从事海河中游(津南段)38平方公里区域的土地开发,由于天津市对该区域开发的统一安排与公司的开发计划冲突,该区域的开发陷于停滞,秉承泰达人不屈不挠的精神,星城抢抓机遇更换主战场,2005年开始,主要从事津南区八里台示范小城镇项目建设。2007年6月6日,市政府批准八里台镇示范小城镇建设项目为第二批"以宅基地换房"示范小城镇项目。这一项目的开展不仅是星城发展史上的重要一笔,更是泰达精神跨区域在津南土地上,展现新时代发展的生动体现。

津南区政府对星城的信任,源于泰达在城市发展、产业升级、民生改善等方面所取得的显著成就,源于泰达控股所展现出心怀"国之大者"的使命、充满"敢想敢干"的斗志、"攻坚克难"的勇气、"风雨同舟"的情怀。在开发区先进的规划理念、创新发展模式和卓越的建设成果及成功经营的指导下,星城公司在"开放、开拓、励精图大业;求新、求实、众志建新城"的泰达精神指引下,负责项目的投资、建设和运营管理等工作,积极推进一、二级联动战略实施,开展了二级房地产项目开发工作。充分借鉴泰达开发区的成功经验,注重产业布局和经济结构优化,以提升城市品质、改善居民生活为目标,打造宜居宜业、绿色生态、充满活力的现代化小城镇。截至目前,收储土地57000亩,建成还迁房110万平方米、配套公建9万平方米、镇区道路25公里、绿化景观面积60万平方米;使4个村超过2万名农村居民上楼居住,在建的巨葛庄项目达到50万平方米,将还迁7000余人。

2020年,受土地市场影响,星城公司出现危机,双方股东迅速作出决策,新领导班子面对困难,发扬泰达人"攻坚克难"的精神,全面调动公司的人、财、物等各方资源,深化推进"三项制度"改革、巨葛庄项目建设、土地出让、融资化债等工作。

在股东双方大力支持下,在"泰达精神"的感召下,化解债务工作取得巨大成效,最终将金融债务缓释到2028年,化解了债务危机,未发生系统性风险。工作状态与热情赢得了市国资委的认可与赞许。

星城的未来是一个向着坚持、创新、合作和共赢方向发展的产城融合载体,作为政府和国企双重背景的投融资平台公司,学习国内城投公司市场化转型的成功案例,借助泰达控股与津南区政府建立对接机制的关键时期,加快推进项目收尾、基础设施及配套公建移交、土地出让,积极谋划有一定经营收入且对社会资本吸引力不足的准经营性项目,比如海河教育园三期项目,将星城公司定位为"打造新型城镇市场化运营公司",重塑政企合作的新局面。

星城与泰达一脉相承又同源异流,历史与未来的融合、个性与共性的结合,探索与实践共进是推动集团高质量发展、提升新质生产力的关键。星城公司将始终秉承"党建引领"的理念,直面政策和市场的多重压力,要将"四个善作善成"与聚焦推进"三新"、做实"三量"、激发"三力"、"六个专项行动"、"八大攻坚战"等重点工作结合起来。要以"时时放心不下"的责任感增强"干"的定力、"会"的本领、"实"的作风,积极推动相关政策举措落地生根。

以"坚定信心、担当作为、锐意进取"精神作为基底,坚定不移地贡献"泰达之力",展现"泰达之为",践行"泰达精神",共同续写泰达控股改革发展新的辉煌,以更加主动的精神状态、更加昂扬的奋斗姿态谱写星城公司新的壮美篇章。

创新为魂　产业立身
以科创精神赓续泰达区域开发之路

天津泰达科创城投资有限公司

40年栉风沐雨,40年风雨兼程,不惑之年的泰达人又来到了历史的十字路口,开启面向未来的新征程。

泰达科创城项目是泰达控股顺应时代要求,积极响应市国资整体布局优化,统筹谋划诞生的新型区域综合开发项目。基于滨海新区25000亩国有资产的整体更新和自我盘活而衍生出的科创城,已成为泰达控股走到不惑之年,破茧重生后首先面临的历史之问。

赓续开发血脉,切入产业赛道,激活存量资产

回顾泰达的历史,40年前,同样是在这渤海边一片盐碱荒滩上,同样贯彻了"不给、不管、不要"的三不发展原则,敢为天下先的泰达先辈们,在泰达人首创的资本大循环和滚动开发模式下,通过产业招商,打造了中国改革开放以来的区域开发样板。在这个成功模式的复制下,我们陆续又开拓了开发区西区、泰达 MSD、中新生态城、滨海旅游区与埃及泰达苏伊士经贸区……

回溯这些沧海桑田、历史变迁的盛景,不难看出,招商先行、产业为王的区域开发是泰达的血脉和基因,是泰达人安身立命的重器和法宝,是先辈们

传承给我们最宝贵的财富。今天,泰达又有幸接手了科创城 25000 亩土地,所以如何利用好这块新地,是历史给泰达的一份考卷。

思考泰达的现状,40 年来,泰达走过改革开放的辉煌,走过波澜壮阔的历程,也面临过城市整体发展的困境;但泰达人不惧困难、勇于挑战,关键时刻重新组建城市综合开发投资集团,筹划科创城、城市更新等重大项目,通过大项目展现大格局,重塑大信心,助力泰达重新走出低谷,城市综合开发板块已经成为泰达控股三大主业中最重要的一环,而泰达科创城项目作为泰达城投唯一一个区域综合开发项目,是泰达城投打造主业的基地和母体,是泰达不可或缺的立身之本。

展望泰达的未来,随着土地财政的转变,全国各大城市综合开发集团已纷纷向产业投资集团转型。泰达控股作为具有示范效应的跨境国有资本投资公司,充分发挥自身优势、扛起国企担当、坚持重大新兴产业投资,助力新质生产力发展,是新一代泰达人需要直面和解决的问题。泰达科创城的土地,以其独特的区位优势,当仁不让成为未来新质生产力和战略性新兴产业的有力载体,这也是泰达利用自身资源,切入产业赛道的最佳契机和优势,利用产业招商,定制化打造产业载体,开创房东+股东+合作伙伴的创新模式,投资产业、陪伴产业,进而留下产业,为泰达的产业布局提供载体。

要回答这个历史之问,有科创城的泰达和没有产业基地的泰达,将完全是不同的泰达,就像拥有经开区作为基地的泰达控股和离开经开区作为基地的泰达控股,拥有新加坡国家产业支持的淡马锡和没有新加坡产业支持的淡马锡。未来拥有科创城作为发展腹地和产业资源基底的泰达控股,将以新的姿态,描绘出一幅新时代的鸿篇巨著。

时空演变之城,产业发展之城,科创未来之城

每个人心中都有一座科创城,它有可能不是一座城,也不是一成不变

的。规划大师黄晶涛先生提出："我们应该用时空的观念来看待科创城的发展,未来之城不是城,产业布局才是当前最好的规划。"

回溯当年的开发区为什么没有选址在市区的旁边呢? 现在看很明显,市区旁边产业都已经开始了城市更新、拆除重建,这是城市发展的规律。目前开发区部分区域建设也同样面临更新,老旧厂房已经完全不符合新质生产力的发展需要,然而因为产权分散、成本巨大等遗留问题,无法再进行统一规划,城市更新和产业升级困难重重。这恰恰是科创城的优势,科创城的土地因为成本的原因,短期之内不能快速变现,当前在不改变土地性质和权属情况下,通过发展产业盘活土地资产,使之产生现金流,未来产业集聚、项目落地、片区更新时,重新规划和拆解,形成新时代的科创城。

探索开发模式,锚定新质生产力,布局产业载体

探索开发模式

科创城的开发模式,经过多方努力、多次修调,从土地变性、城市更新到土地收储、规至自开发到如今的低效用地盘活,目前的开发路径已经打通。目前首开区控规已经批复,土地证解抵押和土地证拆分、土地流转方案和税筹方案已经完成,首开项目的设计方案已经完成,土地移交方案也与渤化集团达成一致,空天信息产业园的可研方案已经完成,融资方案已经通过国开行的资金预审,产业基金组建已经基本完成。从开发建设实施层面,科创城已经做好了准备。

锚定新质生产力

从 2022 年开始,泰达科创城经过多轮论证筛选,最终敲定了空天信息产业(即低空经济、商业航天)领域为产业突破口,首开项目定位中国北方首家空天信息产业园,产业合作方锁定国内首家空天信息产业园的开发公司中集产城公司。随着两年的招商积累,目前已经锁定了"一带一路"空间信

息走廊、上海垣信卫星研制中试线、魔方卫星SAR卫星制造、易龙火箭总装制造基地、航天驭星地面系统高端装备研发制造基地与航天云、国星宇航卫星数据处理中心、中科星睿SAR卫星星座、九州云箭液氧甲烷发动机、苍宇天基"天链"系统、时的科技低空飞行器制造基地、星辰空间推动器、中航供应链创发中心等空天全生态系统项目。随着2024年政府工作报告将低空经济、商业航天纳入新质生产力标志性清单,也验证了产业方向选择的正确性。

布局产业载体

在载体的选择方面,泰达科创城团队因地制宜,客观判断了项目的发展规律和趋势,在项目落位和储备上,科创城项目开发采用"一园两址"的建设思路,将低空经济+商业航天的产业链进行梳理,科创764项目打造空天信息产业的先导区和研发区,负责技术研发、创新孵化、学术交流等;泰达科创城则成为高端装备制造和生产的核心承载区,专注于生产制造、测试验证、产品展示等。通过两个园区的功能互补,加快产业集聚的形成,利用地理位置的差异优化资源配置,实现产业链的紧密联系和协同发展。

科创764项目位于天津市河西区原中环广播器材厂(764原址),占地约128亩,建筑面积7.5万平方米,作为泰达科创城先导区,项目由泰达控股和中环集团共同投资改造建设、合作招商运营、导入产业资源,通过盘活广播器材厂项目,打造科技研发、轻生产制造项目,优先落位并储备一批空天信息产业项目,实现遗存国营厂房的产业焕新及价值重现。目前已经完成方案设计、可研方案和龙头项目招商,预计年底正式开园。

泰达科创城项目母区则以滨海新区于家堡南部的25000亩自有工业用地为载体,整体定位为北方科创中心、滨城核心战略南拓区,项目开发以产业为主导,以科学研究和应用创新为核心,以数字与信息技术、高端智能制造、生命健康、生态环保为主导的"1+4"产业结构体系。项目整体规划六大组团,首开区项目将围绕空天信息产业开发建设,重点落位"低空经济+商业航天"产业,构建空天技术全产业链生态圈。

在建设方面,首开区将结合绿带公园和首开项目易龙火箭做整体布局,打造大型空天产业制造基地项目,以装配式工厂和低成本生态修复为主启动起步区的开发建设,结合产业发展,为未来预留发展空间。

作为未来泰达控股区域开发的主战场,泰达科创城未来仍将面临巨大挑战并承担重要使命,但是只要泰达人敢闯、敢试、敢为天下先的精神不变,泰达人创新为魂、产业立身的区域开发理念没变,泰达科创城项目就一定能够成功。正如泰达主要领导所说:"泰达人一定要以最理智的谦卑清醒和最沉稳的扎实肯干,在他人不看好的背景和蜚言中撕开一道光明。"

脚踏实地,仰望星空,不忘初心,砥砺前行。泰达科创城将深入学习贯彻习近平总书记视察天津重要讲话精神,全面贯彻"四个善作善成"的重要要求,以市委、市政府"十项行动"为引领,以泰达控股"六个专项行动"为主抓手,围绕"三量""三新"开新局应变局,坚持创新为魂,矢志产业立身,以科创精神赓续泰达控股公司的区域综合开发事业,为泰达控股公司在新时代的高质量发展贡献力量。

同频城市发展 筑梦广厦"万嘉"

天津泰达万嘉建设发展有限公司

回顾泰达万嘉的成立过程,可以说是含着"政策"这把金钥匙出生的。2021年7月,《国务院办公厅关于加快发展保障性租赁住房的意见》以保障性租赁住房为核心的住房保障体系逐步建立。加快推动保障性租赁住房建设成为新时代下解决好大城市住房突出问题,提升新市民、青年人居住幸福成色的重要途径。同年11月,泰达城投紧抓政策机遇,在天津市国企中率先成立专业发展保障性住房业务的公司——天津泰达万嘉建设发展有限公司,准备在保障性住房领域大展拳脚,开启高质量发展新篇章。

然而泰达万嘉的发展过程充满了坎坷,布满了荆棘。尤其是第一个项目——爱米斯项目作为天津市首个企事业单位自有用地新建保租房项目,在实施过程中,由于天津市保租房政策尚未出台,导致项目在规划审批阶段困难重重。

爱米斯项目首先面临的问题是,天津市保障性租赁住房建设标准及机动车位配比标准未明确,无法确定建设标准。项目团队展开了多方面的努力:一是搜集整理了北京、上海、杭州等省市保障性住房车位标准,将其他城市保障房机动车位的实际情况和规范文件,提供给编制本市保租房设计导则的建筑设计院,并先后组织编制了5版导则;二是从市场端为机动车位标准提供依据,针对爱米斯地块周边的长租公寓、小户型住宅的租户占用机动车位的情况进行实地调研,邀请保租房专业咨询机构中原地产出具调研报告,预估租户对车位实际需求量;三是从交通出行特征角度佐证可行性,邀请天津市规划院交通所,为项目提供出行数据的支持。最终,历经4次论证会议,由市住建委组织出具保租房机动车位配置标准并发函给市规资局作为执行标准。

爱米斯项目切实解决进度问题,项目从工业用地调整至保租房居住用地面临容积率调整程序,常规需要2个月,且多次遭遇疫情封控,严重影响项目审批进度。针对这一问题,项目团队一直坚信"办法总比困难多",通过多人轮流蹲点的方式,公司全员齐上阵,常驻河西审批局,不出审批不撤退。万嘉团队凭借不屈不挠的精神,仅用24天就完成了通常需要历时两个月的容积率调整程序,仅用时1天就取得了规划条件通知书。尤其是在2022年8月底,在已经完成爱米斯地块施工图的情况下,按照市规划局要求对方案进行颠覆性调整,泰达万嘉公司克服疫情封控影响,于一个月内完成了方案、施工图,在9月28日至30日三天内,完成了四个批件,最终于9月30日取得了施工许可证,完成全部前期手续。

不经历风雨,怎能见彩虹。爱米斯项目在历经重重困难之后也迎来了属于自己的光辉时刻。

2022年12月,爱米斯项目荣获国家发展改革委24个盘活存量资产扩大有效投资典型案例,国家发展改革委认为项目的社会效益显著,为保障社会民生做出了重要贡献。

2023年9月,项目被央视财经频道《经济半小时》栏目深入专题报道并向全国播出,实现了社会效益和经济效益的双丰收。同时,爱米斯项目的成功攻克,展现了泰达万嘉团队团结奋进的精神与力量,这股力量将使泰达万嘉战无不胜,所向披靡。

同频城市发展,筑梦广厦万家。爱米斯项目的成功实施为泰达万嘉开了一个好头,如何让"政策"这枚金钥匙继续发光发热,有效增加保障性住房供给,让更多的人租得起、住得起,是我们不懈的努力与追求。截至当前,泰达万嘉已成功解锁自有用地新建模式(爱米斯)、改建模式(天江、天泽)、划拨供地建设模式(延安),三种保租房建设模式。

天江公寓项目自2018年因管线沉降等问题闲置,泰达万嘉以政策为引领,充分调研天津市产业园区内产业工人的居住情况,选定天江公寓项目进行保障性租赁住房改造。项目于2022年7月成功保租房项目认定书,于2024年正式运营,有效提供保障性租赁住房1706套,助力7000余名产业工人安居天津。

截至2023年,泰达万嘉投资建设、改造的保租房项目5个,项目总规模达3260套,位列2023年全国国有企业租赁住房规模力TOP50、品牌力TOP50。

2023年8月,国务院发布14号文件《关于规划建设保障性住房的指导意见》,从加快发展保障性租赁住房到规划建设保障性住房,泰达万嘉始终紧跟国家住房保障领域政策,积极推动洪泽路地块保障性住房项目,该项目是天津市首批完成项目认定和立项的配售型保障房项目,开启保障房新赛道。

"安得广厦千万间,大庇天下寒士俱欢颜",泰达万嘉秉持初心,担当使命,将职责与城市发展相连,让梦想与美好追求同步,筑牢安居保障,惠及民生福祉,赋能幸福城市;发挥泰达团结奋进的拼搏精神,推进"三新"发展,做实"三量"共进,切实谋划高质量发展与新质生产力提升。

"鑫"中有梦　步履不停

天津泰达国鑫建设发展有限公司

今年是泰达控股成立的40周年,同时也是泰达国鑫成立的5周年,是我们全力奔跑的5年,我们一直在成长,步履不停,专业为先。

2019年按照天津市国资委的整体要求,为化解天房集团部分债务问题,由原津联控股整合天房抵债房产项目设立了地产平台天津铂海国鑫投资有限公司,2019年8月公司正式批复成立,是国鑫公司迈出成长的第一步,负责对承接海南三亚、江苏盐城、河北玉田、山东齐河和原有天津格调绮园及江南邑共六个项目进行平台集中管控,组建推动地产板块内部建设、项目开发,同年12月,玉田项目顺利开工,这一年是公司美好初创、充满希望的第一年。

2020年是艰难的一年,突发的疫情影响了所有项目的进展,现场不能开工、开工限制人员、人员到位后继续防疫。在这一年中我们坚实走好每一步,公司全员奋进,履行国企责任,彰显国企担当,各项目均完成了重大节点:盐城项目3月开工,9月开盘,首开劲销5亿元;玉田项目7月开盘,首开劲销1亿元,成绩显著。12月,双迎大厦获得了年度国家优质工程奖,以及2019年天津市建设工程"金奖海河杯"奖,这一年我们"轻舟已过万重山"。

2021年,是公司出清资产的关键之年,我们稳步前进,继续发挥迎难而上的精神,推动公司发展前行。5月,双迎大厦实现整售,成为天津市写字楼投资性交易标杆案例,对于助推泰达高质量发展及区域经济产业发展具有重要意义。8月,为实现三亚新天房公司转让,剥离其九栋别墅资产,承接该资产成立的新公司——三亚津辉,12月在各级领导的推动下,成功转让三亚新天房投资发展有限公司100%股权,同时成功转让齐河公司65%股权,这一年我们倾尽全力,共克时艰,通过项目出清为上级单位贡献25.7亿元资金支持。

2022年我们继续奔跑前行,勇于开创。克服疫情承接市委统战部即团结大厦精装修任务,自3月起,有效工期仅用60天就完成了大厦精装交付,入驻后市、区各级领导先后视察统战部新址,获得一致好评;玉田项目在受疫情封城及管控影响,全员核检、人车限入、供材停运、施工停滞等客观因素影响下克服重重困难,在年底顺利完成945户交付,实现结转收入8.33亿元;同年12月底,公司获取了成立以来第一个通过招拍挂方式获取的市区优质地块,向逐步打造市场化专业团队迈进了一大步。

2023年疫情解除后我们全面提速,快节奏抢节点,保质保量推进在建项目开发建设。现盐城项目一期1064户及二期一批次489户顺利交付,盘活重点监管资金1.4亿元,实现结转收入13.11亿元;8月底馥颂花园项目正式开工,现场仅用87天时间实现开盘,首开当日劲销8.2亿元,成为河西区红盘。12月底,格调绮园项目迎来高光时刻,为坚决落实市委主要领导及泰达控股有关"有力有序有效盘活资产,切实提高资源配置效率"的精神,成功完成退税1.988亿元的艰难任务。

2024年我们凭借泰达控股和泰达城投丰富的资源,统筹抓好"三量"、促好"三新",推进齐河债权回收,盘活盐城三期项目,完成恒源公司减资退出,同时争取以郁江道土地盘活模式获取仪表四厂地块。2024年4月,铂海国鑫正式更名为天津泰达国鑫建设发展有限公司,将继续为泰达控股、泰达城投贡献自身力量。

2024年是泰达控股成立的40周年,也是泰达国鑫成立的5周年,这5年是我们全力奔跑的5年,也是我们紧跟泰达控股高质量发展的5年。回首过往,我们有太多的感慨和回忆,展望未来我们有更多的期待和憧憬。泰达国鑫全体干部职工将以推动高质量发展为首要任务,推进"三新"发展,做实"三量"共进,以更高的政治站位、更强的责任担当、更实的工作举措,锐意进取、精益求精,匠心打造精品工程,"鑫"中有梦,步履不停!

砥砺前行　不断进取

天津泰达建设集团有限公司

1984年10月23日，天津泰达建设集团有限公司的前身——天津滨海建设公司正式成立，从公司建立初期承担开发区基础设施建设，发展到现在以房地产开发为主业，泰达建设集团打造了风荷园、泰达园、格调等多个产品系列，尤其是格调品牌以精品项目享誉天津，历经二十余年发展，格调项目的数量已增至三十余个，规模不断扩大，成长为天津本土自生的成熟地产品牌。经过四十年的发展，泰达建设集团目前形成了以自有项目开发、代建、城市更新三大板块为核心，以贸易、物业管理、资产运营为补充的发展格局，企业发展态势良好。

市场化基因下的改革之路

时代在发展，企业在变革，1988年泰达建设集团迎来了新的考验，根据开发区的战略部署和管委会的要求，建设集团下海放飞，成为第一个市场化的国有企业，立足开发区良好的投资环境，通过上下齐心齐力的奋战，代理厂房和办公用房建设。1992年立足企业的发展要求，经过多方调研、洽谈，泰达建设集团开始涉足市区，并开发建设了风荷园，项目荣获住建部颁发的"全国城市物业管理优秀住宅小区"称号，广受市民欢迎。房地产开发成为主业后，建设集团继续以诚信为本，坚定选择精品路线，打造格调品牌。

2003年,第一个格调项目——格调空间盛大开盘,凭借坚持的长期主义精神,注重区域联动效应,相继打造了市内首个类别墅格调故里、西广开片区格调春天、新中式格调竹境等,作为本土房企的格调品牌享誉天津。2021年,泰达建设集团入选国务院国资委"双百企业",改革进一步深化,不断激发企业活力,增强企业竞争能力。

纵观企业的发展历程,从扔掉大锅饭,拼尽全力适应市场经济,到涉足市区,主动创造机会开发商品房,再到选择精品策略、入选双百企业,泰达建设集团的市场化基因始终引领企业不断自我革新,闯过一道道难关,探索出一条适应时代发展的创业之路。

品牌立市背后的匠心精神

2003年4月19日,在西广开,格调空间开盘,出现了超过300户购房者昼夜排队抢购的现象,彼时天津房地产市场持续低迷,又恰逢"非典"肆虐,格调空间的开盘创造了楼市的一大奇迹,"格调"品牌也由此诞生。随后,从格调空间到格调春天,格调系列的项目带动、影响着整个西广开,使其褪去昔日的印迹,成为一个融合多种建筑形式,优美居住环境的高品质大片区,并成为天津旧城区成功改造的样板。

历经二十余年的品牌开发,格调项目已经被越来越多的人所熟知,并成为所在区域的价值标杆产品。这些都离不开格调背后所坚守的匠心精神,秉持诚信、精品、创新理念,穿越市场迷雾低谷,以更高品牌声量活跃在市场上。

"无理由退房"的极致诚信体现

2003年,泰达建设推出"无理由退房"政策,第一个格调项目格调空间把"无理由退房"承诺正式规范地写入商品房买卖合同,报房管局备案。"无理由退房"是格调诚信价值观的极致体现。

2008年,金融危机爆发,市场一片惨淡,格调竹境项目此时首开,格调仍抗住压力继续坚持"无理由退房"政策。

2024年,全国两会提案倡导推行"无理由退房"政策,格调的"无理由退房"政策备受关注并建议推广。

在近期召开的地产自媒体座谈会上,格调与百余家自媒体"共话格调",面对媒体人提出的"行情震荡,格调还会继续坚持无理由退房吗?"格调的回答是"一定会"。

创新背后是产品主义和长期主义

毫无复刻的精细打造每个作品,从高层到别墅,细致到园林、户型,没有任何复制,均成为片区内的标杆。从2003年格调空间的首层架空、首个灰色立面项目,2005年格调故里首个1.2容积率的城市类别墅,2008年格调竹境的新中式与高层相结合,到如今的格调瑰丽花园打造法式奢华度假酒店式园林,格调馥颂花园现代化公建风格外立面,格调浅羽花园打造格调首个城市综合住区等。在产品创新之路上格调孜孜以求,始终相信依靠产品主义和长期主义方能制胜。

匠心守拙铺就格调精品路线

格调对于精品的执着近乎偏执,在高周转模式盛行的时期,仍坚持做到静心守拙,以匠人精神专注于产品品质,而不是盲目扩张提速。这样的例子比比皆是。2013年泰达倾集团之力,将格调林泉打磨成高附加值标杆产品,为了打造更优产品,在重新评估建设方案后,公司决策推翻原有方案重新设计。方案重启后,经过多轮打磨,精益求精反复推敲,在2.0的容积率下创新引入4层平墅产品,呈现了全新迭代充满庭院感的新中式宅邸。时间上虽然延迟一年,但好货不怕晚,公司推陈出新,迭代升级,最终格调品牌首进滨海,格调林泉项目不负众望,一炮而红。

　　成立四十余年,泰达建设不惧风雨,淬炼成钢,锻造了创业之魂,磨砺了奋斗之志,企业一路向上而生。

　　泰达建设集团将继续坚持初心,以格调品牌为引领,在当前自有项目开发、代建、城市更新三大板块为核心的模式下,重点发力代建和城市更新赛道,输出成熟品牌及管理经验,与各级政府、重点国央企等单位建立良好关系,为今后合作打下坚实基础。同时,发挥连续作战精神,以强烈的危机意识抢抓一切机遇,坚持精品战略和产品创新,不断提升品牌信誉和市场形象。未来泰达建设将紧抓机遇,以"三新""三量"为突破口,为老百姓建造"好房子",更为区域建设发展贡献自己的力量!

砥砺前行塑专业品质　燃烧激情创恒久基业

天津泰丰工业园投资（集团）有限公司

　　每年4月，泰丰公园的流苏小道两旁，洁白的花朵与翠绿的叶片相映成趣，随风舞动、繁花似锦、美不胜收，吸引着大批市民游客前来赏花游玩，泰丰公园已经成为全市的网红打卡点之一。

　　每座城市都有自己的标识，每个公司都有自己的"代表"，泰丰公园就是天津泰丰工业园投资（集团）有限公司（以下简称"泰丰公司"）的佳作，它的每一处景观都是泰丰人夜以继日、精雕细琢的结果，更是泰丰人拼搏奋进的生动写照。犹记建园之初，为了展现自然之美，泰丰公园的建设者们远赴蓟县盘山挑选石料。时任天津市委书记李瑞环和副市长叶迪生亲自为泰丰公园题词，至今仍镌刻在泰丰公园。如今泰丰公园已成为人工绿色生态景观公园，是滨海新区的标志性城市景观，也是天津新十大景观之一。

高起步快发展的泰丰

　　1993年7月，天津泰达投资控股有限公司（简称"泰达控股"）抢抓外商投资中国市场的先机，与香港南丰集团、新加坡东方石油公司等共同投资创建了泰丰公司。1994年6月8日，泰丰公司举行开业典礼，时任天津市副市长叶迪生亲临讲话并为公司题词，"丹心化作凌霄志，北立神州一栋梁"的深厚期盼至今仍激励着每一个泰丰人。

创业之初,泰丰公司首创天津经济技术开发区(以下简称"开发区"),利用外资成片开发之先河,仅用3年时间就完成了3.5平方公里泰丰工业园的土地开发和市政配套建设。昔日的盐碱荒滩已蜕变成为基础设施完善、投资环境良好的新型工业园区,吸引了丹麦诺维信、德国SEW、上海大众等30余家世界知名企业入驻,为开发区的经济发展做出了突出贡献。

从1999年开始,泰丰公司在开发区陆续建设了滨海新区规模最大的绿色生态成熟居住社区——泰丰家园系列小区。2006年开发了创智系列写字楼及住宅产品,2011年开发了成都"锦江春色"项目。泰丰公司积极稳妥地推进跨区域发展战略,并积极探索合作开发模式,取得了丰硕的成果。

"靓女先嫁"激发公司内生动力

河西区的小白楼综合体项目的地块由泰丰公司下属天津市美银房地产开发有限公司(以下简称"美银公司")于2007年获取,但在项目筹备过程中,由于招商门槛高、投资金额多、建设管理难度大等多重因素,一张美好的蓝图曾被定格在设计图纸上。泰丰人迎难而上、开拓思路,多维度尝试对美银公司进行混合所有制改革,引入具有丰富城市综合体建设经验的战略投资者共同开发运营该项目。2016年,美银公司与平安不动产有限公司成功牵手,平安泰达金融中心项目就此诞生。

时至今日,平安泰达金融中心项目已成为津门新地标建筑,不仅仅是泰丰公司宝贵的经验与传承,更是国企混改的真实映照,成为《国务院关于国有企业发展混合所有制经济的意见》发布之后天津市国有企业混改的先行者。

精雕细琢的"泰丰7号"

在"泰丰7号"的建设过程中,泰丰公司秉持"专业塑造卓越,品质铸就品牌"的理念,对规划设计方案进行了近20轮的调整完善。效果是显著的,无论是与电视剧《繁华》同款的和平饭店穹顶设计、小区中心的梧桐广场,抑或屋顶的日式花园设计,都成为小区的网红打卡点。同时泰丰公司成立工作专班,科学制定并严格执行"一房一专案"标准,全力确保房屋质量,最终实现了疫情期间逆势开盘。"泰丰七号"项目获得了"天津市结构海河杯"优质工程等多个奖项,并实现了入住零投诉的行业佳话,成为开发区住宅产品的标杆。

责任在肩,重新出发的泰丰人信心满满

在泰达控股的领导下,泰丰公司明确了市场竞争性的企业定位,依托系统内协同优势,制定了以"代建代销"为竞争力的主营业务规划,以创建华棠品牌为创新力的品牌策略规划,以"资产+"计划为整合力的资产运营规划,以市场化改革为促进力的考核体系规划,全方位推动公司发展迈上新阶段。

华棠品牌的全新尝试。目前泰丰公司承接了天津软件园四宗地——"华棠·星空"项目代建和销售任务。此项目不仅是泰丰公司在房地产领域的重要布局,更是在美学艺术与建筑语言结合方面的全新尝试。"华棠·星空"项目将印象派艺术作品元素融入项目的规划设计中,将为住户提供一种前所未有的居住体验。

智昇公司的积极探索。为了应对市场的瞬息万变,泰丰公司在所属天津泰丰智昇集团有限公司(简称"智昇公司")开展绩效考核试点,授权其对都行商城租金价格确定范围内的市场定价。面对其他商品批发市场的竞争,智昇公司迅速制定应对策略,稳定了所属都行商城在天津市童装童品集散地的龙头地位。下一步,泰丰公司将在集团内推广KPI绩效考核指标,通过对标市场和强化激励机制的双重举措,切实提升全员活力,进一步提升公司业绩。

　　三十年的风雨历程与刻苦磨砺,让泰丰人厚积薄发,满怀力量和信心。在新征程上,泰丰公司将深入学习贯彻习近平总书记视察天津重要讲话精神,全面贯彻"四个善作善成"的重要要求,以市委、市政府"十项行动"为引领,以泰达控股"六个专项行动"为主抓手,以"三新"为突破口,以"三量"为主攻方向,坚定信心,苦干实干,在续写泰达控股高质量发展新征程新篇章上贡献泰丰力量。

沟壑变通途　科技赋新能

天津生态城泰达海洋技术开发有限公司

　　临海新城,位于中新生态城东南侧,向渤海延伸约7公里,最东侧就是东堤公园,北有妈祖文化园,南有观澜角公园;南至永定新河北治导线,西侧为老海挡,北至规划海月道,全部为填海造陆形成,规划面积30平方公里。曾经这里是茫茫大海,如今这30平方公里的临海新城已经成为滨海新区的网红打卡地,是名副其实的"渤海之钻"。

填海造陆,烟波浩渺变坦途

　　2003年,天津泰达投资控股有限公司(以下简称"泰达控股")抓住历史机遇,全力推进天津经济技术开发区北拓战略,天津泰达海洋开发有限公司(以下简称"泰达海洋")应运而生。泰达海洋始终铭记肩负的填海造陆重要使命,一代代海洋人,一批批创业者,克服了难以想象的技术和政策上的难题,完成了项目规划和海域申请等各项重要工作,同时各级领导和建设团队加强与多个政府职能部门的沟通协调,最终实现了临海新城项目的重大突破:2007年获得了国家海洋局的区域建设用海批复,成为全国首个,也是唯一一个给予企业的用海规划批复;2009年经国务院批准,获得海域使用权,同年实现了大堤合拢,区域整体框架初显;2012年获批土地储备单位,至2014年基本完成了填海工程。

泰达海洋从无到有、硕果累累，先后获得了国家海监系统颁发的"用海先进集体"和"用海先进个人"、天津市及所在区颁发的"海河杯""金奖海河杯""生态城最美基层奋斗者"等多项荣誉。目前，30平方公里的海域大面积成陆，昔日沧海变坦途，风光之瑰丽，令人叹为观止。

城市运营，实现价值不断提升

依托填海工程的阶段性成果优势，泰达海洋迈向了新的发展阶段。2016年，泰达控股对泰达海洋实施吸收合并，天津生态城泰达海洋技术开发有限公司（简称"生泰海洋"）注册成立。2020年，生泰海洋吸收合并生泰热电、生泰水业、生泰绿化等专业公司，整合了生态城区域热力、水务、市政、绿化等方面的业务，标志着生泰海洋从工程建设管理企业转变为综合性城市开发运营企业。

截至目前，生泰海洋已完成16宗用海项目的海域验收，验收面积总计775公顷，配合中新天津生态城管委会（以下简称"生态城管委会"）成功出让243公顷项目用地，重点引进了中加生态示范区、红星天铂、中福养老社区等项目，进一步促进了生态城的经济发展。现有绿化养管面积接近110万平方米，道路养管51公里，配套公园5处，泵站3座；建成使用热源厂站1座，换热站34座，热力管网70公里，供热面积221万平方米；建成使用自来水管网119公里，标准化泵站65座，为临海区域内1.6万户居民提供了优质生活服务。

展望未来，向发展新质生产力不断迈进

面对新时代新要求，生泰海洋紧跟时代步伐，瞄准高质量发展目标大步向前。

协同规划招商。积极参与临海新城城市规划的设计与策划，深度参与政府和上级部门招商引资工作，在项目启动之初主动发声，贡献创意和思路,助力项目顺利展开。

数字智能转化。构建集成多领域专业、涵盖多元应用场景的数字中控系统,达到"一屏观天下,一网管全局"的目标,实现"看得见、连得通、叫得应、调得动"。通过数字化管理深入应用,实现供热、供水、市政泵站等关键设施无人值守和自动运行。同时推进能源管线、市政道路、绿化公园等城市运营巡查一体化、智能化,让数据"跑路",降低人工成本,把数据变成资产、变现成收益,最终实现"聚能、赋能、释能"的全面发展目标。

扩大业务范畴。紧跟泰达控股战略发展方向,主动参与天津软件园能源供应建设与运营,充分发挥建管结合的技术优势,扩大增量业务。深度参与政府各类项目,积极争取国家中长期国债支持,为公司长远发展储劲发力。发挥生泰海洋技术领域优势,深度参与政府公共机构的节能降耗工作,为推动绿色发展和可持续发展贡献力量。

探索文旅经营。深度参与临海新城区域公园运营,挖掘未来潜在盈利增长点,推动业务的持续发展和创新,实现商业价值最大化。以深耕东堤公园、妈祖文化园的经营作为重要基础,积极参与生态城管委会主导的文旅项目商业经营,共同探索文旅融合发展的新路径,不断提升经营效率,增强盈利能力,为生泰海洋的长远发展注入新的动力与活力。

创新技术应用。积极与天津大学、南开大学的人工智能学院及天津市曼德产业协同创新设计院建立合作,充分利用优质学术资源、杰出研究成果和专业技术人才,加速技术创新和应用推广进程,共同推进软件开发和应用转化。抢抓国家、天津市及生态城的智能化产业政策需求,降低建设成本,加快推动科技成果真正转化为现实生产力,为行业发展贡献更多力量。

习近平总书记指出:"心中有信仰,脚下有力量。"生泰海洋将持续深入贯彻落实习近平总书记视察天津重要讲话精神,践行"四个善作善成"重要要求,大力发展新质生产力,以坚定的信念、务实的态度、创新的精神,向高质量发展不断迈进,以优异成绩为泰达控股成立40周年献礼。

锚定目标彰显国企担当　实干笃行书写民生答卷

天津泰达建安工程管理咨询有限公司

1992年12月,为紧抓建设市场管理改革机遇、全面加快开发区的城市建设,天津泰达建安工程管理咨询有限公司(原天津开发区建设工程监理公司)应运而生。公司扎根滨海新区32年来,凭借"诚信为本,科学管理,为客户提供优质、高效、满意的专业服务"的服务理念,已从当年名不见经传的初创阶段发展为具有现代企业管理体制的中型企业。

一路成长　一路发展壮大

公司自成立以来,始终秉持泰达精神,勇往直前,攻坚克难,不断追求卓越。正是这种精神,让公司在激烈的市场竞争中脱颖而出。

多年来,公司不断拓展业务领域,提升服务水平,已拥有房屋建筑工程、市政公用工程、机电安装工程监理甲级资质,以及电力工程、港口与航道工程监理乙级、工程测绘乙级等工程咨询资质。这些资质不仅体现了公司的专业实力,更为公司提供了更广阔的市场空间和发展机遇。随着公司业务的不断扩展,员工队伍也日益壮大。从最初的不足20人,如今已发展成为一支拥有300余名专业人才的团队。其中,职业资格人员更是从几人发展到近百人,他们具备丰富的实践经验和深厚的专业知识,为公司的持续发展提供了有力的人才保障。

作为国有企业,公司始终牢记自身的社会责任和使命,坚持以客户为中心,以质量为生命,用自身的实际业绩检验履行社会责任的成效,积极参与滨海新区的开发建设,为经济社会发展做出了泰达贡献。

服务重大民生项目　展现团队卓越能力和担当精神

荣获了中国建设工程鲁班奖和天津市建设工程"金奖海河杯"的滨海文化中心,地处于天津滨海新区核心区,是由滨海新区政府投资建设的重点民生工程。项目自2017年10月1日运营以来,以其建筑宏伟、功能集聚、综合便利、体验舒适,受到社会各界的广泛好评,成为天津乃至京津冀地区的文化新地标。

泰达建安负责监理的文化中心(一期)项目文化场馆部分是由一个文化长廊将五个文化场馆连为一个建筑综合体,建筑面积31.2万平方米,建筑物高度40米,涉及深基坑、高支模、2500吨钢桁架整体吊装、主体结构、装饰装修等复杂工序。监理团队在为期3年多的工作中积极勤奋、团结合作、吃苦耐劳,克服了很多工作难点。

为确保每个场馆的顺利施工,监理工程师严格履行职责,在图纸会审与设计交底阶段深入研读图纸、提出优化建议,充分体现了监理工程师的专业素养与严谨态度,对于保障工程质量和进度具有重要意义。

为有效应对项目工期紧迫的挑战,监理团队实行昼夜轮班制度,全体成员坚守岗位,确保随时能够迅速响应并赶往施工现场。在履行监理职责的过程中,团队秉持严谨、稳重的态度,严格执行各项监理规范,确保工程质量无可挑剔。同时,团队紧密协作,优化工作流程,以确保工程能够按期交付,为客户提供优质的监理服务。

泰达建安监理人始终秉承"守法、诚信、公正、科学"的执业准则,牢记"安全重于泰山、质量高于一切、进度就是效益"的现场管理宗旨,严格监理、热情服务,认真、细致做好安全、质量、进度、投资控制等管理工作,得到了建设单位、项目管理单位及施工单位的一致好评。

老旧小区换新颜 真诚服务获赞誉

老旧小区改造工程是滨海新区民心工程和十大重点工程之一。项目把建筑维修改造、室外配套设施改造等作为改善居民生活的突破口,全力消除老旧隐患、完善社区功能,着重改善百姓最关心、最直接、最现实的居住环境条件,从源头上解决老城居民生活难题,改善城市面貌。

自2020年4月以来,泰达建安公司就陆续承接了滨海新区多个区域的老旧小区改造项目的监理工作。面对复杂的施工环境和繁重的任务,泰达建安监理团队始终坚持严谨的工作态度,严格执行国家相关法律法规和技术标准,以专业的技术知识和丰富的实践经验,对项目的全过程进行严格把控,确保工程质量和安全。团队历年来的工作得到了业主单位及辖区居民的肯定与好评,为后续滚动发展奠定了坚实基础,擦亮了泰达监理专业品牌。

泰达建安30余年的发展历程,始终跟随泰达控股、泰达集团发展壮大的脚步,努力传承"泰达"品牌形象。未来,泰达建安将以学习宣传贯彻习近平总书记视察天津重要讲话精神为契机,深入贯彻落实党的二十大精神,立足新发展阶段,践行新发展理念,为推进泰达控股和泰达集团高质量发展开创新局面贡献新的更大的力量。

与"繁花"争艳 与改革同行

天津泰达进出口有限公司

1984年,伴随天津经济技术开发区成立,经中国对外经济贸易部和天津市人民政府批准备案,天津经济技术开发区进出口总公司注册成立。2024开年大戏《繁花》,带观众回顾了中国20世纪90年代外贸变迁史。在剧中我们看到,做外贸,是必须经过"外滩27号"外贸总公司的,而天津泰达进出口有限公司的前身——天津经济技术开发区进出口总公司,就是这样一个享有专营进出口权和配额的国有重点外贸企业。外贸行业经历种种变幻发展至今,回头看去,一路繁花。

适逢改革开放初期和天津经济技术开发区建区,进出口公司作为承接国家、省市商品流转计划任务的重点贸易企业,也是天津开发区对外贸易的窗口。

进入20世纪90年代,在邓小平南方谈话精神的鼓舞下,神州大地处处生机勃勃,外贸行业也迎来了崭新的发展机遇,以前所未有的速度向前发展。与此同时,随着改革开放的不断深入,外贸行业的门槛也在逐步降低,国家相继允许私营企业、科研院所,以及自然人等从事对外贸易经营活动,并取消对货物和技术进出口经营权的审批,这些开放举措极大地激发出中国外贸的新活力。

在新的形势下,过时的不只是《繁花》里的"一张单子24道手续",还是外贸人脑海里的传统意识和路径依赖。随着国有外贸企业经营局面逐步放开,泰达进出口公司积极响应国家政策,主动迎接挑战,积极开拓进取,利用自有资金,自主经营,自负盈亏,多渠道拓展业务领域,经营发展进入快车道,成为当时进出口额名列前茅的地方外贸企业之一。

公司成立40年来,与世界30多个国家和地区、100多家客商建立了稳定的贸易关系和合作方式。在出口货源方面,除天津外,还与华北、西北、山东、江苏、浙江等省市地区的企业联营建立了一批货源加工基地,经营品种包括粮油、水产、脱水蔬菜、冷冻食品、五金、矿产、化工、纺织品、轻工文体用品、土畜产品、工艺品及针织服装等,贸易方式灵活多样,除自营业务外,还有代理、合作、进料加工、来料加工、来件装配、补偿贸易、边境贸易、转口贸易及项目开发等。公司曾拥有直属企业4家,参股企业10家,内联企业6家,驻港企业1家。

此外,泰达进出口公司作为天津市唯一承办国家商务部援外官员研修班的单位,自2004年以来,累计承办研修班244期,接待学员5551人,打造了"开发区建设与管理""自贸区建设与发展""海水淡化与综合利用""矿业开发与管理"等经典培训项目,向参训学员分享中国在上述领域的开发模式和丰富经验,充分发挥天津市资源优势,服务国家对外战略,积极为国家"一带一路"建设和天津企业"走出去"搭建合作平台,不断提升泰达品牌的知名度。

泰达进出口公司在对外开放政策指引下成长,在执行对外开放实践中壮大。历经国家对外贸易窗口计划经营、自负盈亏经营和转型升级、打造多元化经营等不同发展阶段,公司力求走出适应自身特点的经营模式和发展道路。公司始终本着"行商迎客,诚信第一"的理念,积极拓展建立稳固的业务模式和客户资源,致力于打造具有较强市场竞争力和品牌影响力的国际化贸易平台。

当前,尽管贸易行业仍面临着多重严峻挑战,但公司始终坚信中国外贸人的坚韧与担当。因为无论哪个时代,都是一代又一代创业者披荆斩棘、筚路蓝缕,共同铸就的辉煌篇章。在泰达控股成立40周年之际,泰达进出口公司将继续弘扬泰达精神,增强泰达自信,凝聚泰达力量,从历史的回声中汲取不忘初心的精神力量,以及勇毅前行再出发的动力和激情,在建设贸易强国的新征程上书写出更加精彩的泰达新篇章!

从一艘孤船到正在踏入5A景区的蜕变之路

天津滨海泰达航母旅游集团股份有限公司

2005年10月,泰达控股以法拍的形式竞得汉沽区八卦滩5.38平方公里土地使用权及"基辅号"航母产权,并于2006年4月成立天津滨海航母主题公园有限公司(以下简称"泰达航母"),负责航母及其资产(以下统称"航母公园")的运营。

彼时的航母公园,一片滩涂、百废待兴,这对于从未涉足过旅游业的泰达航母而言,压力无疑是巨大的。全体航母人孜孜不倦地探索、大刀阔斧地改革,用十八载的时间,在"八卦滩"这片盐碱荒滩上,成功把"基辅号"从一艘孤船打造成独具特色的国家4A级旅游景区,年营业收入实现了从接手时2000万元到1.85亿元的大幅跨越,航母公园的品牌价值已达27.65亿元。

打造精品演艺,丰富游客旅游体验

成立之初,航母公园的旅游资源较为单一,仅有一艘航母可供参观,游客"来到公园就上船,下了航母就上车"已是常态。如何进一步丰富旅游业态和产品,成为泰达航母面临的第一大课题。经慎重思量后,管理团队将视线聚焦于热门的主题演出。

经过多轮考察与洽谈,2007年泰达航母邀请八一电影制片厂的烟火制作团队,打造了第一场实景硝烟海战演出——《反击风暴》,当时游客反响甚好,但因表演所需燃料供应不稳定、表演团队档期不固定等客观原因,该演出也处于时断时续的不稳定状态。

通过首次尝试,泰达航母深切感受到了游客对于实景演出的渴望与期盼。在泰达控股党委的大力支持下,2010年10月成功聘请好莱坞国际顶级特技表演团队、倾情打造了全球首个以真实航母为题材的大型实景海战演出——《航母风暴》。这是泰达航母人充分发挥敢想敢试精神、倾尽全年收入打造的一场盛大演出,推出伊始便一炮而红,成为航母公园的标志性王牌演出,荣登央视《焦点访谈》,转年更直接拉动景区收入大幅增长,航母公园一跃成为天津市第一个收入过亿元且年游客接待量过百万人次的单一景区,同时成为滨海新区第一个国家4A级旅游景区。珠玉在前,泰达航母又相继打造了《飞车特技》《极炫飞跃》《极限追逐》等系列大型实景演出。至此,航母景区继武备观光之后,又增添了实景演出这一震撼吸睛的主题板块。

建设俄罗斯风情街,补足业态缺失短板

随着航母公园品牌影响力的持续提升,综合体量小、业态单薄等问题也逐渐凸显,泰达航母又开启了第二次探索之旅。受国内外大型主题公园的启发,管理团队提出了建设俄罗斯文化创意风情街的构想,但如何打造特色精品、在全国各地比比皆是的风情街中脱颖而出成为亟须解决的关键问题。管理团队深挖原汁原味的俄罗斯文化,通过典型的俄式风格建筑外檐、进口商品经营、俄罗斯人售卖及制作特色餐饮等,全方位展现商业街区沉浸式主题氛围。同时创新策划"护照式"门票,推出"出入境""签注""退税"等体验,为游客打造了"未出国门,便入俄境"的独特旅游体验。2014年4月,风情街正式建成,不仅丰富了餐饮、商品方面的服务配套,更让游客深度体验了俄罗斯的风土民情,极大地提高了航母公园品牌的知名度与美誉度,为后期游客量的快速增长奠定了坚实基础。

组建"航母编队"，打造不可复制的军事IP

2015年，习近平总书记提出，"把军民融合发展上升为国家战略"；2016年，习近平总书记强调军民融合"关乎国家安全和发展全局，既是兴国之举，又是强军之策"。泰达航母抢抓发展机遇，开启了第三次探索之旅，积极与海军勤务学院合作，创新军民融合发展新路径。2017年4月，引入国产退役驱逐舰、潜艇和护卫炮艇，组建全球唯一可供沉浸式参观的"航母编队"，形成了难以复制的独特IP，确立了航母公园在军事主题公园的核心地位。与此同时，泰达航母积极履行国企社会责任，依托景区军事资源禀赋，创新打造独特的研学品牌、红培品牌，目前已累计接待来自全国各地青少年研学、红培团队超50万人次；成立"泰达航母退役军人之家"，面向现退役军人、残疾人等群体推出了免票政策，18年来已累计免费接待上述人员30余万人次，受到了社会的广泛好评。

开放夜场，开启"白+黑"运营新模式

2023年，全国旅游市场复苏形势迅猛。泰达航母创造性地提出开放夜场、探索航母公园"夜经济"的设想，在暑期和"十一"黄金周期间，策划了以航母为背景、烟花为主角、无人机表演及音乐演出为衬托的"航母焰火秀"，获得巨大成功。"航母焰火秀"一度成为京津冀旅游的高频热点词汇，出现场场爆满、一票难求的盛况，为2023年航母公园再现辉煌注入了强劲动能，公司净利润创历史新高。同时，航母公园荣获由国家文旅部颁发的"国家级夜间文化和旅游消费集聚区"荣誉。

2024年，泰达航母乘势而为，在重要节假日及暑假经营旺季，继续打磨升级不同主题的高规格无人机焰火秀表演，将航母热推向新高度，"到天津，

看航母,赏烟花"已成为天津旅游一张绚丽的名片。至此,航母公园之旅实现由半日游到"白+黑"全天游的跃升,景区客流与营收实现"双飞跃",1月至9月,客流量同比增长62.9%,收入同比增长49.4%,净利润同比增长91.3%;同时,接待模式转变成为带动景区二次消费的巨大引擎,1月至9月二次消费收入同比实现57.8%的大幅增长,航母公园发展迈入新阶段、开启新征程。

"好风凭借力,送我上青云。"泰达航母充分利用资源优势,积极拓展业务板块,先后承接了央视第七届模特大赛、央视"八一"节目《去火热的军营》、皮尔·卡丹时装秀、国际电子音乐节、奥迪新车发布会、广汽传祺全系车型展、东风汽车投影秀等多场大规模高规格主题活动,实现了跨界共赢,品牌影响力不断扩大,更将航母公园打造成了集航母编队观光、国防教育、主题演出、会务会展、红色培训、特色研学、娱乐休闲、影视拍摄八大板块于一体的大型军事主题公园,实现了由景点向景区的质的转变,航母公园以其独特的魅力,吸引着越来越多的国内外游客纷至沓来。

下一步,泰达航母将深入落实习近平总书记视察天津时提出的"在推动文化传承发展上善作善成"的重要要求,继续秉承开拓创新、实干笃行的航母精神,在文旅发展的新征程中乘风破浪、高歌远航,向着打造国家5A级旅游景区的目标阔步迈进,续写航母新传奇,擘画航母新华章,以优异成绩为泰达控股高质量发展贡献航母力量!

向"新"发力 聚"质"赋能
天津软件园跑出发展"加速度"

天津泰达集团有限公司

在浩瀚的渤海之滨,天津软件园正在加速绘制数字蝶变新蓝图。

向"新"发力,塑增长动能

随着制造强国、网络强国、数字中国的深入建设,以及新型工业化加速推进,各行各业对数字化转型需求日益迫切。人工智能、大数据、云计算等新兴技术快速发展和深度融合,为软件行业带来了前所未有的创新动力。为此,天津市将推动软件和信息技术服务业发展作为培育发展新质生产力的重要举措,聚力攻坚基础软件、工业软件等关键领域核心技术。

天津软件园积极把握历史性发展机遇,紧扣行业变革、技术迭代、软件"出海"和集成运营的战略机遇,依托天津雄厚的制造产业基础、广阔的创新应用场景、丰富的行业数据资源,致力于成为"软件技术策源地、软件企业生态区、软件产业增长极",争创新时代中国软件名园。

攀"高"奋进,强多维功能

天津软件园位于宜业、宜学、宜居、宜游的滨海新区中新天津生态城,坐享周边60公里的亮丽海岸线,紧邻天津开发区、天津港,距北京150公里,距天津中心城区45公里。园区规划面积约5.38平方公里,首开区面积约0.8平方公里。

天津软件园以先进计算产业为主导,构建涵盖"算力、算法、算据、算用"全产业链的"3+N"产业体系,发展软件产品、软件服务、数据服务三大业务类型。重点发展"场景+政策+基金"三位一体运营模式,精准聚焦企业发展的核心需求,提供政策咨询、融资协助、供需对接等高质量的产业载体与全方位的服务支持。

向"绿"而行,造蓝绿融城

天津软件园按照"生态、低碳、智慧、人文"的设计理念,充分融合中国唯一的航母军事主题公园,以"信创园区"+"主题文旅"为双引擎,打造两园融合、"产业+文旅"的世界级IP。同时,依托自然海滨资源及元宝湖现有水系,打造生态交互的蓝绿融城。未来,园区内三纵三横主干路网,结合轨道交通Z4线,构建快线慢网交通系统,形成5~15分钟服务圈。

项目周边,汇聚了国家海洋博物馆、妈祖文化园、泰达航母主题公园、东堤公园、南湾公园等著名网红打卡地;坐拥南开中学滨海生态城学校、北师大生态城附属学校等优质教育资源;还布局了国家动漫产业园和清华大学天津电子信息研究院等机构。园区创新性融合产业园区、主题景区、生态城区、智慧社区、花园校区,打造多元化、智慧化城市发展新场景,实现"五区联动"发展新格局。

天津软件园,作为未来科技与文化的交汇点,漫步园区内,可以感受到清新的空气和宁静的氛围,仿佛置身于一个科技与自然和谐共生的世外桃源。

唯"实"是举,抢发展机遇

为全面统筹协调天津软件园开发建设和招商引资,天津市成立市级工作专班,调动全市力量,全面统筹协调,全力推动开发建设。市领导多次听取专题汇报,并赴现场调研指导,组织各相关单位明确关键节点、倒排工期,逐条梳理重点任务、压实责任、形成合力。在国家及地方多项政策加持下,天津软件园坚持建设与招商同步发力,园区功能布局逐渐丰富,各类创新资源和要素聚焦,吸引多家软件行业领军企业落户。

2024年10月23日,天津软件园正式开园。从盐碱荒滩到初见芳华,从基建动工到正式开园,仅仅用时一年多。天津软件园成功开园,将促进天津乃至京津冀地区软件产业上下游同步发力,形成的产业链和产业集群,将对区域经济高质量发展做出巨大贡献。未来,按照总体规划、分步实施、引培结合、港产城融合的发展举措,园区将成为国内外知名的软件与信息技术服务产业创新高地,助力天津打造"中国软件名城"。

下一步,泰达集团将紧密围绕贯彻落实习近平总书记视察天津时提出"四个善作善成"的重要要求,积极践行国企责任担当,全力以赴加快天津软件园开发建设,稳中求进,实干笃行,以实打实的工作成效答好"三量""三新"发展卷,为"津城""滨城"数字经济高质量发展贡献泰达力量。

细数泰达发展历程　讲好"泰达酒店"故事

天津泰达国际酒店集团有限公司

隶属于天津泰达投资控股有限公司(以下简称"泰达控股"),天津泰达国际酒店集团有限公司(以下简称"酒店集团")自1994年初创以来,作为天津滨海新区乃至天津市现代服务业的领军者,始终致力于高星级酒店的开发与经营管理,走出了一条良性循环、不断壮大的成功之路。2024年是天津经济技术开发区建区40周年、泰达控股成立40周年,也是酒店集团创立30周年的重要历史节点。回望这30年的发展历程,酒店集团经历了从无到有、从小到大的壮丽蜕变,更由众多勤劳智慧的泰达酒店人用双手书写了引以为傲的辉煌篇章。

坚守初心　一路前行

艰苦初创　盐碱滩上现奇迹

天津泰达国际酒店集团的前身是1994年12月6日投入运营的天津泰达国际会馆(以下简称"泰达会馆"),即今天酒店集团所属的天津泰达国际酒店。

天津经济技术开发区自1984年建区以来,海内外知名企业进区数量不断增长,经济持续快速发展。在1993年之前,天津开发区内可供国外投资者举办商务活动和工余休闲的高档酒店、会所寥若晨星。为切实改善开发区投资软环境、更好地吸引外资、使开发区成为名副其实的投资者乐土,作为泰达国际酒店集团的先期投资者,天津开发区管委会决定抢抓先机,建设天津泰达国际会馆,填补开发区缺乏高档酒店会所的空白。

从1993年5月开始,泰达会馆筹备组在天津开发区管委会和各级主管部门的正确领导和大力支持下,与设计、施工单位一起艰苦奋斗,克服了地基松软基桩塌陷等工程难题,历时1年零7个月,终于在一片盐碱荒滩上建起了一座设施完备、具有欧式风格、符合开发区外向型经济特点的高档会所——天津泰达会馆,并于1994年12月6日开业纳客。

1996年3月2日,天津泰达国际酒店集团有限公司正式宣告成立,标志着我们从此踏上规模化、集团化的发展之路。

1997年,酒店集团通过国家级评定,成为天津开发区第一家四星级酒店,此后又接连斩获业界殊荣,先后成为天津市第一家通过ISO9002质量管理体系认证及金叶级绿色旅游饭店的酒店。

2004年9月,酒店集团通过国家级评定成功升星,成为开发区首家、天津市首批五星级酒店。

挺进市区　创建"天津市外商投资企业活动中心"

1999年底,酒店集团子公司泰达益德实业有限公司(以下简称"泰达益德")成立,随即开发建设市重点工程——天津市外商投资企业活动中心即天津泰达国际会馆(以下简称"天津会馆"),并于2002年9月正式开业,2004年被国家旅游局评为天津市第二家五星级酒店。

开拓外埠　打磨辽东半岛的泰达明珠

为积极开拓外埠市场,并应时任大连市领导的热情相邀,酒店集团积极奔赴大连,建设大连泰达美爵/美居酒店,邀请法国雅高酒店集团进行管理。酒店于2007年8月开业后即圆满完成了2007大连夏季达沃斯论坛的接待工作,为酒店集团提升品牌知名度和行业影响力做出了积极贡献。

系统协同　战略融合

为促进滨海新区现代服务业的发展,根据泰达控股战略部署,2012年1月天津滨海泰达酒店开发有限公司与酒店集团强强联合,成功实现联合办公。

由天津滨海泰达酒店开发有限公司投资建设的天津万丽泰达酒店作为酒店集团旗下唯一一家由美国万豪国际酒店集团管理的涉外五星级高端商务酒店,于2005年6月,酒店成功承接欧亚财务长会议,荣获最佳服务奖,这一里程碑式的事件为滨海新区的招商引资工作奠定了坚实的基础。

2015年引入万豪行政公寓品牌,为商务及家庭客人提供114个单元,包括开放式套房、一居室、两居室及三居室,提供完善设施及全天24小时周到服务。

2017年,泰达控股进一步推动系统内战略部署,将泰达中心酒店纳入酒店集团的管辖范畴。

自此,酒店集团共拥有四家五星级酒店和一家四星级酒店,其中既引进了万豪这一知名高端国际品牌,又保有"泰达酒店"这一本土自主民族品牌,使酒店集团成为天津高端酒店的佼佼者和领军者,自2017年起酒店集团担任天津市旅游饭店业协会会长单位至今。

满载荣誉　砥砺奋进

自联合办公以来,在历届市技能比武大赛上,酒店集团统一组织、自主培训、集团参赛、屡获佳绩。此外为确保旗下酒店顺利通过各自的历次评定性复核,并以此为契机进一步提升酒店服务质量,酒店集团适时指派业务专员对各酒店积极开展星评自查、业务培训及现场迎评等专项工作,十数年间各酒店先后以历史最好成绩顺利通过历次国家级和省级星评复核。

2020年各所属酒店履职担当,众志成城战疫情,提供数万间疫情隔离房及相关餐饮服务。面对深刻复杂变化的市场形势,酒店集团没有坐以待毙,而是创新思维、多措并举,稳步提升各项经营收入,竭尽全力止损减亏。

笃行实干　启航新征程

2023年酒店集团响应泰达控股"三量"工作的总要求,协同泰达城更做好一机床项目和天拖城市展厅的运营工作,利用自身专业在泰达投资控股旗下的河东区第一机床总厂城市更新项目中承接了"津一厂史馆"的讲解及"津一产业园会客厅"运营管理服务。

2024年4月,酒店集团与德国途易酒店集团签订合作意向书,开展全方位、多角度的深度合作,实现互利共赢。

在此基础上,酒店集团制定出新一轮企业发展战略:立足存量资源挖潜、盘活和整合,充分发挥比较优势和协同效应,改变酒店集团一直以来完全依赖高星级综合酒店为主的思维范式,以轻资产使泰达酒店品牌在中端及经济型酒店领域有所作为,尝试以参与直接经营、管理输出及特许经营等形式,拓展以"客房为主,简餐配套"的商务型酒店增量。

今后,酒店集团将保持"快"的节奏、强化"敢"的劲头、营造"干"的氛围,结合自身业务积极拓展"走出去"的合作范畴,下大功夫精准招商引资,不懈探索新发展路径。进一步聚焦市委、市政府"十项行动"和泰达控股"六个专项行动",坚持"四有""五管"要求,以"三量"为主抓手,以"三新"为突破口,增强自身造血能力,加快形成酒店集团新质生产力,实现经营管理"质"的有效提升和"量"的合理增长,在新的道路上勇于创新、敢于拼搏,为泰达控股的高质量发展贡献新的"泰达酒店"力量。

百年"灯塔"　续写国漆之光

天津灯塔涂料有限公司

"灯塔"作为中华民族涂料工业的一家百年品牌的历史,可追溯到1916年。人们耳熟能详的一些历史人物,如京剧表演艺术家梅兰芳先生、冯国璋之子冯叔安等,都曾是灯塔涂料前身相关企业的股东或董事。

纵观百年"灯塔"的成长历程,不仅是一部化工制造业的奋斗历史,更是一段国民经济从探索、自救到自强的发展史。追溯灯塔涂料开拓创新、攻坚克难的发展历程,要从其三个前身涂料厂(油漆厂)说起。

1916年,安徽督军倪嗣冲在天津开办了大成油漆厂,即灯塔涂料的前身。这家北方最早创立的油漆厂的诞生,是中国涂料发展史上的里程碑。1914年,第一次世界大战爆发,列强忙于战争,"洋货"在我国的输入暂时减少,这使我国民族工业的发展有了喘息的机会。1915年,日本向中国提出霸道的"二十一条",激起了全国抵制日货、提倡国货的热潮。大成油漆厂就在此背景下诞生。1921年,王正廷等人接手大成油漆厂,将其改名为振中油漆厂继续经营。1929年,该厂转卖更名为中国油漆公司,梅兰芳先生就是在此时受邀成为董事之一。中国油漆公司十分注重产品品质及自主研发,当时研发的"飞龙牌"油漆在国内享有很高声誉。

1921年,冯国璋之子冯叔安与陈之骥、孙润甫等人创办了东方油漆厂,这也是灯塔涂料的前身之一。东方油漆厂的创办者们意识到,要使企业立于不败之地,就必须提高产品质量,扩大品种,研制新产品。当时天津市场上最畅销的油漆是从日本进口的小罐包装"鸡牌"磁漆。东方油漆厂就瞄准"鸡牌"磁漆,研制生产自己的"猫牌"磁漆,凭借硬度高、光泽好、干燥迅速等优势打败了日本的"鸡牌"磁漆,被风趣地称为"小猫吃掉了小鸡",长了中国人的志气,提升了民族自信心。东方油漆厂这种不甘落后、积极进取,与国外先进产品竞争的精神,展现了中华民族勇于赶超世界先进水平的志气,也激发了当时国人的自信心和自豪感,实现了以"实业救国"振兴民族工业的抱负。

1929年,中国涂料界的重量级人物、"近代中国涂料工业的创始人"——陈调甫先生变卖了妻子的首饰等凑了8000银元,倾家举债在天津创办了永明漆厂,这也是灯塔涂料的前身。该厂创办之初,只有七分地九间房,陈调甫亲自带队研制出了"永明漆",并提出了灯塔涂料延续至今的厂训:"做学教"。永明漆研制成功后,公司又研制生产了汽车喷漆,并在1934年举办了喷漆展览会,影响颇大。"永明漆"使中国品牌一跃成为世界名牌。

1937年,日本帝国主义发动了震惊中外的"七七事变",侵占了华北最大的工商业城市天津。日本看到中国油漆公司厂房大、设备好、产量高且声名远扬,就强行购买,还大量生产供日本军队使用的油漆投入侵华战争中。中国油漆公司、东方油漆厂和永明漆厂,在这一阶段纷纷选择关停工厂,进行南迁;直到抗日战争结束,才重新开始生产。虽然外部环境条件恶劣,但灯塔人前进的脚步并没有停止。1948年,永明漆厂实现技术突破,成功研制出能刷、能喷、能烘烤的新产品"三宝漆",陈调甫先生还给"三宝漆"确定了一个新名字——"灯塔牌"漆,自此"灯塔牌"这一品牌成功创立。后面经过公有制改革,天津40多家油漆厂合并成了现在的灯塔涂料,而灯塔涂料也开启了为"大国重器"发展不断研发的创新之路。

1953年,灯塔涂料技术带头人、我国涂料泰斗陈士杰先生接到国家下达的研制飞机所用涂料的紧急任务,一共要研制80多个品种。一架飞机所用涂料涉及各个部位,如蒙皮、雷达罩等,要用多种性能不同、颜色各异的油漆;在化学成分上,又涉及许多油漆材料的类型。当时,陈士杰先生和助手们在严峻的研发环境下,攻克重重困难,研制成功了多种国内缺口涂料,成果令人振奋:以研发出的不同类型的季戊四醇酸树脂为基料,制成了飞机蒙皮漆,为我国战斗机披上了国产"靓丽"外衣;我国第一架自制飞机、第一辆红旗牌轿车、第一辆解放牌汽车、第一台拖拉机、长江上第一座由中国自行设计和建造的双层式铁路公路两用桥梁——南京长江大桥、第一颗人造地球卫星、第一枚"长二捆"运载火箭,使用的均是"灯塔牌"涂料。"灯塔牌"涂料还为"神舟"系列载人航天飞船、"嫦娥"绕月卫星、"天宫"载人空间站、"长征"运载火箭提供专业涂料,为我国航空航天事业的发展做出卓越贡献。

1993年,灯塔公司技术中心被国家经贸委、税务总局、海关总署确认为国内涂料行业第一个经国家认定的企业技术中心。

1997年,国家工商总局认定"灯塔"商标为"中国驰名商标",这是国内涂料行业第一个被国家工商总局正式认定的"中国驰名商标"。

2011年,灯塔涂料荣获涂料行业第一家"中华老字号"称号,这不仅是对"灯塔"百年历程的认可,更激励着灯塔人不断突破,让百年老品牌焕发新光芒。岁月不居,时节如流。一代代灯塔人沿着"以技术取胜,向绿色、环保、工业重防腐及特殊功能材料研发"的方向开拓创新,攻坚克难,不断续写属于百年民族品牌的荣光。

2020年,灯塔涂料启动与中国建材集团的重组。2023年重组后的灯塔投资4.2亿元的南港智能化涂料工厂建成投产,成功实现搬迁。灯塔涂料将把南港智能化工厂基地打造成为具有自主知识产权、产品指标达到先进水平的现代化涂料产业研发和制造基地。

中国涂料工业的一百多年发展历程,是中国涂料界老一辈专家、学者、科技工作者多年的夙愿,更是新一代企业家们欲知历史开拓未来的理想与抱负。未来,"灯塔"以创新为帆、以团结为桨,传承并发扬先辈们的宝贵创业精神,在市场的海洋中继续破浪前行,在灯塔人的共同努力下,将解决好"卡脖子材料问题",为"大国重器"喷涂自信光芒,助力中国涂料产业高质量发展,为民族工业涂料复兴贡献力量,续写辉煌。

退役不改戎装志　方通铁军再前行

天津市方通投资集团有限公司

时光荏苒,光阴流转。25年前,天津市方通投资集团有限公司(以下简称"方通集团")启动组建。作为天津市唯一一家由军队移交企业为主体成立的集团公司,先后接收军队、武警部队和政法机关移交企业146家。如今,方通集团已成为拥有各级子企业18家、资产总额超23.6亿元,极具实力的优质集团公司。25年峥嵘岁月,方通集团紧跟党的步伐、紧扣时代主题脉络、紧贴经济社会发展需要,赓续红色基因、传承优良传统,攻坚克难,屡立新功,在一次次商海搏击中汲取忠诚、担当、创新、卓越的力量,把"不可能"变为不平凡,成为天津市军转企业在改革开放大潮中乘风破浪、逐梦前行的精彩样本!

卸下戎装勇闯商海　全面接收军交企业

回溯方通集团的成长史,接收军交企业是浓墨重彩的一笔,也体现着集团的责任与担当。从1999年3月31日组建天津市方通资产经营有限公司以来,按照"先移交、后清理、再处理"的原则,方通集团领导班子主动靠前服务,全力排忧解难。前期,集团公司员工均为军队转业人员,80%的干部为军转干部,这也为集团发展熔铸了红色基因。从移交工作启动之初至2001年,方通集团先后接收军队、武警部队和政法机关移交的企业146家,顺利完成接收和维稳任务。为深入贯彻落实党中央先移交再清理的部署要求,集团公司打破传统发展模式,力求在稳定中实现更大发展,朝着把"不可能"变为不平凡的目标大步迈进!

直面难题破局新生　重整建制实现超越

从军办企业与军队脱钩,到完成移交进入新的企业体系,其真正走向市场之时,面临的最大问题是如何求生存、求发展。在2004年至2014年,方通集团将企业涉及的资产、债务、人员等各种关系进行全方位梳理,涉及的"僵尸"企业、空壳企业、低效企业逐步注销,同时不断优化企业结构、树立市场品牌。

这一时期,方通集团从经营理念到管理模式、组织架构,从创新能力到战略导向、应变机制,均有了翻天覆地的变化。而不变的,依旧是服务国家战略的军队作风和红色基因底蕴。为了使企业自身尽快适应新身份、新环境,集团更加注重市场上的瞬息万变,在此期间,先后投资参股3家冶金公司、投资新建沽化公司、安全印务公司、中港公司等,不但经受住了市场风浪的考验,还在与风浪搏击中实现了自我超越。

争做先行先试示范　开启国企改革篇章

转型必有阵痛,升级才是出路。为深入贯彻落实市委、津联控股公司战略部署,方通集团对领导班子进行了调整,实现由天津津联投资控股有限公司直接管理。"打造一个全新的方通!"很快,集团的战略目标、发展思路和管控模式迎来全面调整:夯实基础、盘活资源、开辟新业态,实现更大版图的扩张!

在2014年至2021年,方通集团逐步对现有企业进行压缩,由146家企业压缩为18家,夯实发展基础;盘活老旧资产资源,将现有土地与房产充分利用,多途径多渠道争取更大的经济效益;开辟新的产业参与竞争,调整产业结构,优化整合资源,不断进行人才优化与发展。

聚焦产业深度升级 加快形成新质生产力

转型升级之路,也是结构调整之路。2022年初,方通集团从津联控股公司划转到泰达资管公司管理。经过多年的探索、布局和深耕,方通集团形成初具规模的集汽车产业、石材、仓储物流、装备制造加工四大工业园区板块,为集团实现区域领先的专业化工业园区运营商的愿景目标奠定了坚实基础。

2023年,方通集团深入践行资产盘活、项目突围、招商引资、管理提升专项行动,经营工作取得新突破。全年累计盘活闲置土地、房产9.2万平方米,完成8家低效无效企业退出。在泰达资管公司党委的坚强领导下,围绕年度工作目标任务,方通集团牢固树立"交账"意识和"添秤"意识,立足提质量、优存量、拓增量,推动集团实现质的稳步提升和量的合理增长。2023年9月,中国(北方)商用车产业园项目土地控规调整获正式批复,项目的实施将为方通集团的转型发展和产业深度升级提供良好契机,对带动区域经济社会发展、提升现代服务业水平起到积极作用。

文化铸魂基业长青 行而不辍未来可期

回顾方通集团25载一路成长,栉风沐雨。一次改革调整,几经更名,薪火相传,华丽转身,方通集团始终在挑战中革弊求新,在机遇中创新突破,实现了经营发展的大跃升。

传承红色基因涵养企业文化,实现强根铸魂、凝心聚力。作为天津经济社会发展的建设者、参与者、见证者,25年来,从接到"命令"接收军队移交企业开始,方通人始终脚踏实地、艰苦奋斗,赓续红色血脉,矢志不渝,为服务国家战略贡献方通力量。

借力区域政策优势夯实基础,深化改革实现共赢。始终坚持市场化方向,提升国有企业市场竞争和抵御风险能力,把"稳经济、促增长、保目标"作为第一要务,形成较为清晰的经营基本盘。始终坚持专业化方向,紧盯年度目标责任落实,以增量带动存量,以发展提升质量;坚持项目牵动,细化"六个专项行动"施工图,"一企一策"制定"三量"工作方案。打出系列"组合拳",迈出"市场化、专业化、一体化"的坚实步伐。始终坚持现代化方向,深化劳动、人事、分配"三项制度"改革,全面释放企业活力和创造力。

用活加法,善做减法,行稳致远,创新发展,赋能添势。方通集团在25年发展的历程中,一直践行"用加法做大企业,用减法做强产业"的方通经验,围绕土地房产租赁业务和港口储运的主营业务,聚焦主业、防范风险,坚持创新驱动发展,整合各种资源优势,用"加法"做大做强主业。同时,逐步解决历史遗留问题,做好相关企业的资产清退,用"减法"让企业业务更加精准、聚焦。

2024年是新中国成立75周年,是泰达控股成立40周年,也是方通集团公司成立25周年。站在25年的新起点上,迎着"十四五"时期国家和天津发展的美好前景,方通集团将不忘初心、踔厉奋发,点燃方通人心中"那团火"、激发方通人身上"那股劲",牢固树立"业绩就是尊严"的理念,持续打造政治过硬、产业强劲、智能焕新、行稳致远、风清气正的新方通,奋力谱写方通高质量发展新篇章。

风雨兼程十几载 砥砺前行展未来

天津泰达会展管理有限公司

天津,依托京津冀,服务环渤海,面向东北亚,已成为国家战略的重要组成部分。天津梅江会展中心作为国内外商业信息交流的重要连接点,在此应运而生。

回顾发展历程 梅江破茧成蝶

时光倒流回2008年,西青区友谊南路与外环线交口处的广场尚是一片未被开发的空地。为迎接夏季达沃斯论坛,天津市政府于2009年确定由泰达控股所属泰达建设集团作为主体,履行梅江会展中心一期项目的投资、建设、经营、管理职能。梅江会展中心由此诞生。

一期项目于2009年9月开始施工,2010年5月底全面竣工并交付使用。仅历时9个月,这一占地23万平方米,建筑面积10万平方米的地标建筑拔地而起,创下了10万平方米体量钢结构作业的新速度,也被称为"天津速度"。

2010年9月,天津夏季达沃斯论坛完美落幕,为进一步完善天津市会展设施条件,满足天津市举办大型会议和展览的需要,市政府于2010年第34次市长办公会上提出继续延续会展一期建设模式,成立工程建设指挥部进行天津梅江会展中心二期的建设。梅江会展中心的背后镌刻着无数先行者的名字,二期工程更肩负超越一期工程的荣耀使命。怀揣初心,砥砺前行,历时一年多,再一次圆满完成了27万平方米的二期场馆建设。

自2012年开始,一、二期项目互为补充,承接国际国内各项大型活动,会展业务得以长足发展,一跃成为北方最具影响力的综合性场馆。梅江会展中心先后成功举办了夏季达沃斯论坛、联合国气候变化会议、中国国际矿业大会等大型国际会议。梅江会展中心已成为天津城市的新地标、会展经济的新起点。

为进一步提升该区域综合服务能力,二期项目于2015年成功引进天津市首家山姆会员商店,并于2016年9月成功开业,从而奠定了梅江会展中心商业发展新格局。2016至2018年,展会和商业互促互进,通过整合内部资源,实现效益提升。至2019年,梅江会展中心年承接展会50余场,年展会收入破亿元的历史峰值。与此同时,二期项目在山姆会员店的引流带动下,首层商铺实现全部开业,并开始谋划首层以上招商规划,经营面积达3万平方米,年营业收入3000万元,会展+商业的创新发展模式初步形成。

把握机遇破冰　实现触底反弹

梅江会展中心因达沃斯而生,又因达沃斯而重生。

2020年席卷全球的新冠疫情暴发,梅江会展中心的展会业务受到极大冲击,不得不按下发展的"暂停键"。疫情期间,梅江会展中心改造成梅江会展中心方舱医院,擎起生命的方舟;落实对中小微商户的"三减三免"政策,践行国企担当。

时光总是向前,奋斗永不停歇。穿过时间的河流,梅江会展中心迎来了2023年,夏季达沃斯论坛确定在新冠疫情后重回天津。基于前5届建立的良好服务基础,论坛外方坚持在梅江会展中心继续办会。专业创造服务价值,真情赢得客户信赖。

接到任务后,项目团队于2023年4月对梅江会展中心方舱医院进行拆除复原,5月进入达沃斯筹备期,6月27日成功举办达沃斯论坛。相较于以往10~12个月的筹备期,这次仅用4个月,就启动了涵盖全馆的强弱电、暖通、土建、给排水、绿化及相关安全检测等17项工程,制定了4阶段64个子项目倒排工期,挂图作战,逐项销号。

同时,为了保障达沃斯论坛举办期间场馆各项设施设备处于最优状况,项目团队实施"梅江72小时"作业计划,坚持全时段全要素动态作业现场管控,包含强电、弱电、硬件保障、消防安全、搭建、保洁、会议餐饮、物资绿植、家具搬运和应急等十项工作模块。在减员30%的情况下,梅江会展中心再次顺利完成达沃斯论坛保障任务。

"推动经济社会发展绿色化、低碳化是实现高质量发展的关键环节。"梅江会展中心积极争当绿色发展先行者,始终以绿色、低碳、可持续发展办会为宗旨。与新能源发电企业在天津电力交易中心组织下完成绿电交易,达成交易电量100万千瓦时,相当于节约标煤320吨,减排二氧化碳800吨。这是天津首次为大型活动开展绿电交易,标志着夏季达沃斯论坛活动场馆首次实现活动期间能够有100%的绿电供应。

征途已至新起点,梅江会展中心乘势而上。2023年夏季达沃斯论坛结束后,基于对发展形势的判断,以及当下积累的商业资源,项目团队实施"展商联动"的发展策略,并迅速落地中安体育及乐美婚礼堂两大主力店,实现合同额2亿元的新突破。同年12月,天津广播电视台、津云等官媒平台首次发声,确立梅江会展中心商圈概念。十年之功初见成效,梅江之南再添新作。

锚定方向赋能　凝心聚力再战

知来路,明方向,方能致远。

回首过往,梅江会展中心实现商业经营体量的翻倍增长,从原有的3万平方米增加到9.6万平方米。展会层面,迅速"收复一期主阵地",全年举办39场展会活动,规模达70万平方米,且创新性引进宝可梦卡牌赛等新题材展会活动16场。2024年,梅江会展中心不仅要守住一期展会和二期商业的基本盘,要更加关注经营品质内核,在持续深化"展商联动"发展策略基础之上,响应泰达控股六个专项行动,在培育增量、提升质量上狠下功夫。

"风雨兼程十几载,牢记初心永不变",梅江会展中心又站在了一个全新的发展阶段上,将立足做实"三量"、推进"三新"、增强"三力"、实现经营管理"质"的有效提升和"量"的合理增长,持续深化落实"坚持展商联动、优化资产运营、着力客流转化、深耕营商沃土"总体战略规划,向着打造成为城市南部高端体验类综合体目标奋进,用高质量发展的硕果铺垫泰达人提质增效的卓越之路!

二十三载环保史　阔步双碳再启航

天津泰达环保有限公司

天津泰达环保有限公司(以下简称"泰达环保")成立于2001年,是由天津泰达投资控股有限公司(以下简称"泰达控股")所属的深交所主板上市公司——天津泰达股份有限公司(以下简称"泰达股份")投资设立的、国内最早从事市政垃圾固废处理的企业之一。经过23年的专业化发展,泰达环保业已成为以焚烧市政生活垃圾、农林废弃物发电为核心,兼有餐厨污泥协同处理、提供绿色蒸汽和供热服务的综合性环保产业集团。

启航双港　艰苦奋斗铸希望

1999年,泰达股份成立垃圾焚烧发电项目组。2001年,泰达环保成立。2003年,泰达环保第一个垃圾焚烧发电项目——双港项目开工建设。2005年,双港项目正式运营,这是获得国家住建部科技示范工程荣誉奖的项目,也是中国北方为数不多的千吨级垃圾焚烧发电项目。它的投运解决了彼时天津较为严重的"垃圾围城"问题,在改善人居环境、节约土地资源,促进地区经济发展等方面发挥了重要作用,实现了经济效益与生态效益双赢。

荣光背后,往事如潮。津南区外环河旁是双港项目建设地,初期没有马路,是泰达环保人在泥泞中一步一步走出了如今的"泰新路"。建设期恰逢春节,他们以厂为家,不愿错过一分一秒的奋斗时光;进口设备的使用是边翻译英文说明、边用双手摸索、测试、衡量攻克的,垃圾焚烧发电厂的组织架构、规章制度、运行规范是在没有先例的情况下自主建立的。

不是不知疲倦,也不是没有过彷徨。面对没有先例的垃圾焚烧发电厂,面对一车垃圾半车灰,面对热值太低点不燃,面对烧后的飞灰无处去,面对大量的渗滤液无处归……建设者们百折不挠、集思广益、攻克难题,成果是欣慰的,成绩是喜人的,而建设者们也多了一个自豪的名字——泰达环保人,他们那永不放弃的精神,就是泰达精神。

深耕主业 扬起帆乘风破浪

你青春年少时,我应运而生;你意气风发时,我茁壮成长。在泰达的羽翼呵护下,泰达环保一手抓科技研发,一手抓项目拓展,与时间赛跑,与风浪角逐。

2005年,泰达环保与清华大学联合开发了AM0025方法学。2006年,泰达环保设立渤海工程,建立博士后工作站,并荣获国家重点环境保护实用技术示范工程,打造了国家环境保护恶臭污染控制重点实验室。

2008年,深交所推出以"泰达环保"命名的社会责任型指数——泰达环保指数,为全球资本市场提供了一个衡量中国环保产业发展的晴雨表。

2008年至2019年,泰达环保先后中标并建成了辽宁大连、江苏高邮等多家国内最高标准3A级垃圾焚烧发电项目,标志着泰达环保人自强不息、团结协作的奋斗精神开花结果。一路走来、桃李年华,泰达环保在实现"环保梦"的道路上乘风破浪、扬帆前行。

布局全国 经营业绩倍增长

2020年以来,泰达环保全力以赴盘存量、培增量、提质量,积跬步、累小流,千磨万击,风雪过后,终得宝剑与梅花。随着经营业绩持续向好,公司迎来了新的历史转折点。

始终坚持"项目为王"。积极践行"双碳""双山"国家战略,坚持绿地项目与投资并购"双轮驱动",不断推进整体效能稳步提升。近三年来,垃圾处理量增长65.8%,发电量增长49.41%,营业收入增长72.47%,归母净利润增长66.67%,资产总额增长96.87%。宝坻、武清、遵义、遵化、冀州、安丘、昌邑、洞口、青龙等十余个项目实现并网发电。国内方面,启动收购广东润电旗下6家公司全部股权事宜。国际方面,响应国家"一带一路"倡议,依托泰达海外24年投资建设运营经验,远赴蒙古国、埃及、孟加拉国、印尼等地进行考察交流。2021年泰达环保完成12.5亿市场化债转股,2023年与埃及Nahdet Misr公司成功签署MOU协议。同时公司多线推进收并购、垃圾收储运、动物粪污处理、轻资产运营等业务方向,勠力同心,砥砺前行。

始终心怀"国之大者"。苟利国家生死以,岂因祸福避趋之。面对肆虐三年的新冠疫情,泰达环保站了出来。作为防控的最后一道防线,泰达环保多家下属公司承担了当地涉疫垃圾的处置工作。积极应对,主动作为,不辞辛苦,不怕危险,全员封厂保供成了常态,24小时值班成了惯例,处理涉疫生活垃圾共计6.8万吨,为项目所在地防疫攻坚战保驾护航,彰显了政企协力抗击新冠的决心,诠释了"国有难,召必回、战必胜"的使命与担当。扬州、大连、遵化等多地政府机关发来感谢信和牌匾。

始终发展创新评优。成倍增长的不只是经营业绩,还有沉甸甸的荣誉。泰达环保先后参与并主持了多项国家、省部级研发项目,曾获教育部科技进步二等奖,拥有国家重点新产品。截至2023年底,泰达环保及所属公司累计获授权专利262项,先后获得"十佳环保设施开放单位""专精特新中小企业""运营管理标杆电厂"等称号,入选天津市国资委国有科技企业"育精培优"名单,荣获E20环境平台"生活垃圾优秀案例"等,沉甸甸的荣誉既是肯定和鼓励,更是鞭策。

继往开来 阔步双碳再启航

23年的奋斗拼搏,23年的夜以继日,23年的风雨兼程,一代又一代的泰达环保人前赴后继。2024年一季度,泰达环保实现垃圾处理量同比增加11.68%,秸秆处理量同比增加18.63%,发电量同比增加13.23%,上网电量同比增加13.60%;生产经营收入同比上升19.33%,归母净利润同比上升7.82%,其中生产经营归母净利润同比上升75.95%,实现开门红。

下一步,泰达环保将在"双碳"战略引领下,以"三新"为目标、以"三量"为抓手,转方式、调结构、提质量、增效益,持续拓展国际生态环保业务版图,为泰达控股成立40周年献礼,为绿色低碳发展贡献专业、优质的泰达力量,为全球生态环保产业做出积极贡献。

不负韶华历过往　突破突围奋进百年

天津泰达洁净材料有限公司

天津泰达洁净材料有限公司(以下简称"泰达洁净")是2004年由天津泰达股份有限公司洁净材料事业部独立而成、国内最早从事熔喷生产制造的企业,中国熔喷非织造新材料研发基地。

奔腾年代

泰达洁净的前身是天津毛毡厂,迄今已有整整65年的无纺布专业生产历史,自建厂以来,一直从事纤维材料的开发与生产。1959年,社会主义公私合营方兴未艾,天津市成为中国纺织行业"上青天"格局中三座纺织重城之一。天津毛毡厂应运而生并逐步发展成为当时毛毡制品厂中的佼佼者。1976年,中国人民的伟大领袖毛主席逝世,作为全国毛毡制造行业中的代表,厂里的能工巧匠精心织造了一条挂毯,悬挂于毛主席纪念堂陪伴着领袖。为此,毛主席纪念堂发来奖状,奖励天津毛毡厂为纪念堂的建设添砖加瓦做出了贡献。

改革春潮

1973年,工厂实施产业迭代,成功引进开发了涤纶短丝产品,为首批国产"的确良"提供了原料,产品风靡一时。1982年,工厂又在全国率先引进长丝生产线,由于优秀的产品品质,被"梅花"品牌选定用于梅花牌运动服的面料生产。

1997年,已由"毛毡厂"更名的"美纶股份"被重组为"泰达股份",以熔喷技术为核心的泰达洁净材料事业部也正式设立。体制机制的改革,加速了产业的快速发展,当人们还穿着厚重棉裤时,第一代泰达生态棉开发问世,成为市场的快消品。在此基础上,与总后军需装备研究所联合研发的军装保暖被服材料也开发成功,全面装备于解放军三军及武警指战部队,用于温区、寒区及高寒地区的棉衣、绒衣及作训大衣。

大风起于青萍之末

继熔喷技术在保暖领域的应用方面填补了当时国内空白之后,泰达洁净开始投身于过滤材料的研发之路。犹记得,那时还全然没有加电驻极的理念和技术,最初的试验是从市场上买来各种胶,稀释浸渍后再烘干作为试验方案的。经过无数次的试验和失败,终于在2002年成功开发出过滤效率达到99%的口罩过滤材料。2003年4月,SARS病毒暴发,当时的熔喷布口罩尚未普及,医护人员佩戴的还全部是纱布口罩,感染情况非常严重,泰达洁净临危受命,被国家市场监督管理局指定担负起全国口罩过滤效率的监测任务,同年,"泰达芯"正式替代纱布口罩进入了医用防护领域。公司没有止步于此,更多空气过滤、液体过滤系列产品陆续开发成功,核心技术先后获得国家科技进步奖二等奖、天津市科技进步奖一等奖、专利金奖等科研成果。

向百年奋进

泰达洁净发展至今,取得了一定成绩,为我们留下最宝贵的财富是敢为人先的志气、迎难而上的勇气、科技创新的引领和追求卓越的精神。

新冠疫情的全球暴发,激发了防护物资的刚性需求和产业竞争的加剧,又进入了一个公司转型发展的关键期。泰达洁净坚持以习近平新时代中国特色社会主义思想为指引,充分发挥党支部坚强战斗堡垒作用,着力推进党建工作与生产经营深度融合、互促发展,带领全体干部职工凝心聚力,落实泰达控股高端制造战略规划。泰达洁净在行业内率先开展了设备智能化提升及绿色转型之路,完成了核心生产设备的生产管控信息全面集成,研发环境友好型材料,获得了国家级绿色工厂及天津市绿色发展"领跑者"荣誉。同时,泰达洁净基于自身技术优势,聚焦国家新兴产业方向及所处行业的国际领先技术开展深入调研,培育增量,打造新质生产力,努力将公司主营业务从相对单一的熔喷材料向大消费品及大工业品材料转型。

泰达洁净将持续秉承科技创新引领企业发展的宗旨,坚定市场导向,不断提高新材料自主创新能力,传承发扬几代老技术人员的工匠精神,以勤学长知识、以苦练精技术、以创新求突破,重点锚定被国外垄断的非织造新材料技术进行攻关,以专精特新、技术突破推动企业在行业中持续领跑,发展壮大。

"其作始也简,其将毕也必巨。"作为行业领先企业,泰达洁净积极发挥行业引领作用,一次次用实际行动彰显了"泰达芯"的实力。在未来发展路上,我们将继续弘扬伟大建党精神、持续坚守伟大抗疫精神、传承弘扬工匠精神,布局新材料领域,大力推进企业转型、绿色制造,发挥优势、守正创新,奋力开启新征程,为泰达控股的高质量发展做出新的贡献。

继往开来 泰达"碳"路者乘势而起

天津泰达碳资产管理有限公司

天津泰达碳资产管理有限公司(以下简称"泰达碳资管")成立于2023年1月11日,注册资本1000万元人民币,是天津市首家国资背景的专业碳资产管理公司,也是泰达控股绿色低碳产业创新发展平台。在国家双碳政策引导与市场需求背景下,泰达碳资管坚持"产业绿色化、绿色产业化"发展路径,打造"碳资管+绿色投资"双轮驱动发展模式,以碳咨询、碳开发、碳交易、碳技术等全产业链服务为"软连接",以绿色投资业务为"硬基础",开展一系列落实国家"双碳"战略的专业服务,并积极整合内外部资源推动绿色低碳产业创新发展。同时,泰达碳资管以创新为驱动力,开展节能减排、低碳、负碳关键技术研究,灵活运用减少、替代、消除和抵消等技术手段,发挥科技引擎作用,助力"双碳"目标实现。

在双碳产业"软连接"方面,泰达碳资管与多家企业达成碳配额交易、碳咨询、综合能源管理等合作,并提供碳资产管理、全国碳市场履约、碳排放咨询等服务。同时泰达碳资管在低碳技术领域与天津大学等高校开展二氧化碳捕集及利用相关的技术研发合作,协同泰达股份生态环保主业,积极推进垃圾焚烧发电厂碳捕集、绿电绿证与零碳能源证书项目的开发。泰达碳资管持续推进数智化碳资产平台开发,功能涵盖碳盘查、产品碳足迹、碳资产管理、培训、新能源项目管理等功能模块。

在绿色低碳产业投资"硬基础"方面,泰达碳资管在绿色项目投资领域也进行了深入调研与探索,通过整合技术、管理、金融等业务生态,持续打造绿色项目投融资与建设运营解决方案,年内实施宝坻武清垃圾焚烧项目和泰达洁净建筑屋顶分布式光伏项目。

双碳背景下企业的绿色转型过程实质是切换动能,找到第二曲线实现企业价值的过程,泰达碳资管将借助泰达控股产业门类全、双碳场景多的优势,融合碳资产、信息、新能源、新材料与金融等要素,既能促进绿色转型,突出环保特色;又能培育新质生产力,为高质量发展提供绿色动能,打造泰达绿色发展解决方案,为天津国资系统绿色转型讲好泰达创新故事,做好泰达绿色服务。双碳工作本质是高质量发展的内生需要,是践行新发展理念与传承泰达人改革创业精神的重要体现,是国家推进双碳战略、天津国资培育新质生产力与企业打造核心竞争力的关键举措,作为初创公司,传承与实践泰达精神,讲好泰达故事,泰达碳资管将做好绿色发展的践行者、泰达创新示范的探路者和双碳业务开拓者,助力泰达高质量发展。

制药人的坚守与荣光

天津生物化学制药有限公司

在天津档案馆的新中国成立前档案中有一卷名为《天津康宁药厂股份有限公司备案》的档案是这样写的:"民国三十二年九月在天津特管区第二小马路八号合伙组成天津康宁药厂。"天津康宁药厂是天津生物化学制药有限公司的前身,民国三十二年也就是1943年,到今天,生化制药已经走过81年的历程。

作为天津力生制药股份有限公司的全资子公司,生化制药始终在生化药物制剂及化学药物制剂领域深入研究,具有深厚的注射剂生产经验和技术积累,以非最终灭菌的无菌注射剂生产见长,目前产品涉及心脑血管、激素、生化、动物脏器提取和植物提取等领域,涵盖肝素类、激素类等48个品规。

80年来公司发展跌宕起伏,有面临发展困境,渡过难关的艰难时刻;有负重爬坡,自强不息,浴火重生的关键时刻;更有抓住发展机遇,脱胎换骨,迎来经营高速发展的高光时刻。企业的每一次发展,都离不开干部职工那份作为制药人的坚守,这是刻在骨子里的基因。正是这份坚守,20世纪80年代末销售人员乘坐一辆辆"大篷车"开拓市场,他们的足迹走出本市,遍布国内医药市场,为企业产品打开了销路;正是这份坚守,2005年公司广大干部职工携手共进,仅用了8个月时间企业便由河西区海口路迁入空港经济区,创造了当年搬迁、当年建厂、当年投产、当年完成经营目标的奇迹;正是这份坚守,公司产品质量水平持续提升,企业被评定国家高新技术企业和天津市"放心药厂";正是这份坚守,企业持续做强做优品牌,2021年,公司被天津市商务局认定为第五批"津门老字号"企业。

使命在心 市场保供

多年来,生化人始终坚持"守诚信之本 做好人好药"的经营宗旨。在疫情防控的特殊时期,天津实行"进出天津市疫情防控应急物资运输车辆通行证"管理制度,对货运公司严格管控。为提早规划物流运输、保证尽早将药品送达市场,销售人员利用36个小时加紧与广东、新疆等全国24个省份106家商业单位联系,完成了1个月的全部发货订单的合同签订工作,与京东医药物流启动协议签订流程,以解决物流运输盲点。总经办成品库、财务部相关人员紧密配合,仅用1天时间就完成了平时一个月的发货量,保证了患者的用药需求。他们用实际行动,擦亮企业品牌,使"生化"品牌熠熠生辉。

任务在身 全力赶产

多年来,生化人始终坚持"专业专注,精细精致"的制药追求,把确保市场供货作为第一要务,用心做好每一支药。那是2022年初,疫情形势严峻,按照疫情防控政策要求,公司人员采取闭环管理,各岗位员工无法到岗工作。此时正值原料车间生产那屈肝素钙原料药,如果该产品生产工艺间断,将导致产品报废且影响市场供货。在这危机关头,车间主任主动请缨带领1名员工长住公司进行生产作业。他们2人连续奋战72小时,完成了原有6人的生产操作。有人问他们累不累时,他们坚定地说:"本次保产保供,我们车间尤为关键,必须保质保量地完成生产任务。"药品质量是生产出来的,任何生产过程和环节由不得半点马虎,原料车间质检员与组长深知岗位责任重要,加大了对每个批次产品工艺查证、质量抽查的频次,作为女同志,她们在车间现场一线一站就是8个小时,累了就伸伸腰、踢踢腿。由于车间人员紧缺,平时一岗多能的培训此时发挥了大作用,关键时刻人人都能冲得上、顶得住。同时,动力工程部积极做好动力运维,全力保障生产。经过大家多日岗位坚守,切实保障了原料车间连续生产不间断。

责任在肩 技术攻关

多年来,生化人始终坚持"质量第一,持续改进"的质量守则,在质量管理方面,以GMP常态化管理和质量体系建设为抓手,加强过程监控,从物料的采购到生产、化验和仓储,到产品的运输和使用的全生命周期管理,确保产品质量。在研发方面,公司立足非终端灭菌注射剂技术优势,积极开展药品一致性评价研究和新品研发工作。在产品科研攻关的道路上从来没有一帆风顺,总是充满曲折与挑战。注射用氢化可的松琥珀酸钠作为公司重点产品,临床可用于抢救危重病人,疗效获得市场广泛认可,公司成立了专项项目组开启该产品一致性评价研究。科研人员参考各国药典标准,结合本品种特性制定质量标准,开发出检测方法,对产品进行全方位、多角度的研究控制,从设备的选型购置、工艺摸索、方法学验证……每一个步骤都是新挑战,这个过程凝结着各岗位骨干人员的智慧和汗水,特别在原料药中试阶段,由于首次采用新工艺,研发和生产团队从清晨到转天凌晨,不知疲倦地在生产车间研究摸索,正是大家不言苦冲在前,不畏惧攻难关,并在药品上市许可持有人力生公司的技术支持下,最终该产品今年顺利通过仿制药一致性评价。每一项科研工作都充满未知,科研人员总要经历无数次的实验、无数次的尝试、无数次的失败,从复杂、烦琐的数据中分析结果,攻克技术难点,正是凭借着这种"敢为人先、百折不挠"的精神,"十四五"期间,企业创新多个项目攻关,其中,5个项目在全国和天津市QC成果发表,以及天津市和滨海新区质量攻关中荣获一等奖等奖项。

什么是制药人的坚守? 那就是专注患者需求,做良心药、放心药。什么是制药人的荣光? 那就是为制药事业的发展贡献自己的力量。正是这份坚守和荣光,他们为了攻关一个个技术难题,可以废寝忘食、夜以继日付出;他们为了把工作做得精益求精,可以像工匠雕刻作品一样,反复雕琢,不断打磨;他们为了有效提供服务保障,可以忙忙碌碌、不求回报、默默奉献……他们心往一处想、劲儿往一处使,形成推动企业发展的强大工作动力。

经过多年来的励精图治,2023年,生化制药迎来了建企80周年的重要时刻。公司紧扣泰达控股"六个专项行动"和力生公司战略部署要求,聚焦扭亏核心任务,加大产品研发、盘活老产品复产,全力推动营销扩量增销,全年营业收入达成年计划的109%,实现盈利! 并始终坚持科技创新驱动,天津国资系统首个虚拟跟投项目在公司落地实施!

光阴流转,时不我待。2024年,是中华人民共和国成立75周年,是企业实现"十四五"战略发展的关键一年。生化人将始终秉承"守诚信之本、做好人好药"的经营宗旨,恪守"务实勤勉、求精争先"的企业精神,锚定目标、笃行实干,善作善成、见行见效,以"闯"的精神、"创"的劲头、"干"的作风,不断打牢企业生存之基,持续提升企业的盈利能力和发展质量,主动作为、创新竞进,始终做强做优品质和品牌,以实绩实效为泰达控股成立四十周年贡献力量,全面打造成为力生公司无菌制剂生产基地!

传承发扬促发展　凝心聚力创未来

天津市中央药业有限公司

　　一百年,在历史长河的汹涌波涛间稍纵即逝;一百年,在中央药业的砥砺奋进中弥足珍贵。中央药业作为天津力生制药股份有限公司全资子公司,"天士力生物医药产业集团有限公司"的股东之一,始建于1920年的中央药房股份有限公司和瀛西药房,是一家以生产化学原料药、中西药制剂为主的综合性制药企业。中央药房股份有限公司采用新颖的经营机制,开展股份制集资办企业,在天津初期发展的民族工商业中独树一帜。瀛西药房早期产品铁拐李牌"平热散""一粒丹""清顺散"等药品名闻遐迩,妇孺皆知,广告宣传画图文并茂,形式新颖,对于产品市场推广起到了事半功倍的效果。

　　新中国成立以后,经过1956年公私合营及1959年合并重组,中央药房股份有限公司和瀛西药房焕发了新的生机,进入了发展的新时期。1955年12月,中央药业股份有限公司更名为中央制药厂,发展规模和管理队伍不断壮大,1958年底中央制药厂已经实现工业总产值848万元,利润51.6万元,品种达到37个,创建厂以来历史最好水平,同年"松树牌"人参精系列产品声名鹊起,在20世纪90年代中期,该系列产品年出口创汇达300多万美元,作为津门老字号品牌产品,至今仍在全球范围内畅销。

　　瀛西药房也经过先后几次重组、合并、更名,工业产值和员工队伍逐步发展壮大,1980年8月,其正式更名为"中央制药二厂"。1982年以来陆续从日本引进两条软胶囊生产线,生产效率提高170%,在引进的同时,又依靠自身的力量逐步实现了进口设备的配件国产化,解决了备品配件供应渠道从依赖进口走向国产化的大问题。

岁月匆匆,行稳致远。改革开放以后中央药业进入了发展的快车道,1998年,中央制药二厂并入中央制药厂,公司改制为多元投资主体的有限责任公司,建立现代企业制度。从此,中央药业开始阔步向前,紧跟市场脉搏,创新经营机制,建立了管理、薪酬、绩效系统相对独立的生产中心、研发中心及营销中心三大职能中心,全面推行预算管理及完全成本考核。企业连续通过多次GMP现场检查,质量管理意识和质量管理体系不断提升。创新营销模式,加强过程管控,市场份额节节攀升,到2019年销售收入超过6亿元,企业盈利能力再上新台阶,实现中央药业又一个历史性突破。

百年来,"央药人"坚持创新发展,勇当中国医药业的先驱者!公司先后被评为"津门老字号"企业、国家级高新技术企业、天津市科技领军企业、天津市创新型中小企业;企业技术中心被认定为"天津市级企业技术中心"。公司拥有各类原料药及药物制剂批准文号86个,专利22项,天津市著名商标3个、天津市名牌产品3个、两项传统制作技艺进入天津市和平区非物质文化遗产保护名录。

2020年,中央药业迎来了百年华诞,也就是在这一年,受到新冠疫情和国家集采的双重影响,企业生产经营面临巨大的困难和挑战,生存与发展成为当代央药人的责任与使命。在公司领导班子的正确领导下,贯彻落实力生制药"3+1"差异化产业布局战略部署,把"中央药业作为力生集团的软胶囊及中药产品生产基地"作为企业战略发展定位,以"拓市场、练内功、迎挑战"为工作核心,盘活产能存量,培育市场增量,提升管理质量,2023年同比减亏29%,2024年一季度企业达成扭亏目标。

砥砺前行，以开放姿态为发展注入新动力

伴随国家上市许可持有人制度的深化，吸引众多的持有人寻找优质的制药企业生产合作。拥有悠久历史、多样剂型、高端设备、丰富技术经验的中央药业积极融入市场，通过参加专业论坛进行企业宣讲、走访调研开展产线及技术宣讲、邀请客户实地参观讲解等多种途径，提高企业品牌知名度，寻找志同道合的合作伙伴。

自2022年以来，中央药业以盘活产能存量为工作目标，领导班子亲自部署，技术中心牵头，生产、质量体系多部门协同合作，以"高效沟通、紧密协作、积极响应"的工作精神受到了客户的广泛好评，与多家企业达成合作，在近3年的时间里，与天津青松医药集团、海南紫程众投药业、四川海梦智森生物制药有限公司、北京沐邦医药科技有限公司先后达成合作，2023年已有2个品种取得生产许可，预计2024年2个品种取得生产许可，截至目前，通过优质CMO服务为公司创收193万元。未来中央药业将不断优化工艺，更新设备设施，提高专业人员的技能和服务水平，为更多的客户提供委托生产服务，为公司长期可持续发展创造更大的经济效益。

坚守初心，以创新举措为发展激发新活力

软胶囊剂型在20世纪70年代获得生产许可，至今该剂型仍是中央药业的特色剂型，工艺技术成熟，生产经验丰富。目前公司拥有世界领先的意大利珐码珈公司压丸生产线3条，年产能10亿粒，在国内医药市场中具有较强的竞争力。为充分发挥这一剂型优势，销售与研发部门牵头组织对40余个休眠品种进行研究、梳理，在意向开发的3个品种中通过大量的市场调研，首先锁定麻杏甘石软胶囊开展复产上市。

为加快复产复销进度,早日实现上市销售,领导班子亲自挂帅,由技术中心牵头,挑选具有中药生产及研发经验的技术人员组成项目组,制定详细的项目计划及分工部署,通过查阅研究技术档案、走访一线老员工,详尽分析产品工艺,结合生产特点进行周密的风险评估,在确保复产程序合规、产品质量合格的大前提下,大胆突破,跳过小试研究,加快推进中试放大及验证生产进度,历时半年多时间,于2023年12月麻杏甘石软胶囊各环节均具备复工复产条件,2024年1月公司接受并通过药监部门的动态生产现场核查,最终于2024年2月29日,麻杏甘石软胶囊取得复工复产生产批件,正式进行上市销售。该品种的复产上市,开启了盘活产能存量的新篇章,为培育市场增量,实现企业高质量发展奠定了坚实的基础。

雄关漫道真如铁,而今迈步从头越。作为百年"津门老字号"企业,我们相信,在习近平新时代中国特色社会主义思想引领下,在泰达控股党委、力生公司党委的正确领导下,央药人一定会不忘初心、继续前进,发扬老一辈央药人艰苦创业、坚韧不拔的奋斗精神,凝聚起新一代央药人改革创新、开拓进取的智慧汗水,勇于变革、勇于创新,永不僵化、永不停滞,更好地传承央药百年基业,努力交出新的更加优异的答卷,向泰达控股成立四十周年献礼!

后　记

时间是最伟大的书写者,从1984年到2024年,历史的棹桨也许只是一挥之间,但对于泰达控股而言,这是沧海桑田、翻天覆地的四十年,是气象万千、擎云举日的四十年,是筚路蓝缕、踵事增华的四十年。四十年砥砺奋进,春华秋实,泰达控股持续在天津市改革开放和现代化建设历程中发挥重要作用,在推进"一带一路"建设、京津冀协同发展、滨海新区开发开放等方面承担日益重要的职责使命,一路风雨泥泞,有太多不容易。以时间见证时代,从来处观照未来,这本书的出版,是追忆,也是致敬,更为透过丰富生动的实践,抽丝剥茧解密泰达控股改革发展的密码,从而拨云见日,书写更为灿烂的高质量发展新篇章。

恒者行远,思者常新。为了在中国式现代化天津篇章的时代考题中,拿出亮丽的高分答卷,泰达控股党委成立本书编委会,带领编写组成员踏上思想之旅,重走实践之路,以纪念文章的形式回忆四十年来的风雨兼程。一个个时间节点清晰标注了泰达控股成长壮大的轨迹,也深刻反映了公司党委持续在思维观念上破冰、机制体制上破题、能力素质上提升、苦干实干上用力的传承脉络。书中收录了各子集团及上市公司在改革发展论坛上的优秀成果,从不同角度、不同切口回顾公司业务发展、队伍建设、社会贡献等方面的成效。这些鲜活的泰达故事充满员工视角和生活温度,让四十年岁月书写的华章更加富有冲击力,相信这些生动翔实的细节一定能为大家带来更为美好的阅读体验。

为了在公司成立四十周年之际完成本书编写任务,来自公司本部业务部门的骨干力量组成编写组,各方收集资料,细致梳理汇总,严格审核校对,付出了大量汗水和心血。同时,天津市委宣传部、天津社会科学院、天津经开区档案馆提供了有力指导和大力支持。各子集团、上市公司和重点专业公司也为本书的编写提供了大量素材。由于篇幅有限,不能一一致谢,在此,谨向所有为本书编写给予鼎力支持的各界朋友们表示衷心的感谢和崇高的敬意。

知其既往,方能识其所在,才能明其将往。我们不能忘记泰达控股过去火红的岁月,更要认识公司今日面临的挑战。2024年,不仅是泰达控股成立四十周年,也是公司启新程开新局走出改革发展拐点的重要一年。改革潮起,击鼓催征。在新的时间刻度起点上,让我们同心协力、顺势而为、乘势而上,以对历史最好的致敬是书写新的奋斗历史的执着信念,倾情以赴之、全力以成之,砥砺以行之,谱写新时代新征程泰达控股高质量发展的新篇章。

本书编委会

2024 年 11 月